TODAY'S ART

今日的艺术

[日] 冈本太郎 著

曹逸冰 译

新 星 出 版 社　NEW STAR PRESS

新经典文化股份有限公司
www.readinglife.com
出　品

《太阳之塔》1970 年

《森之律》1950 年

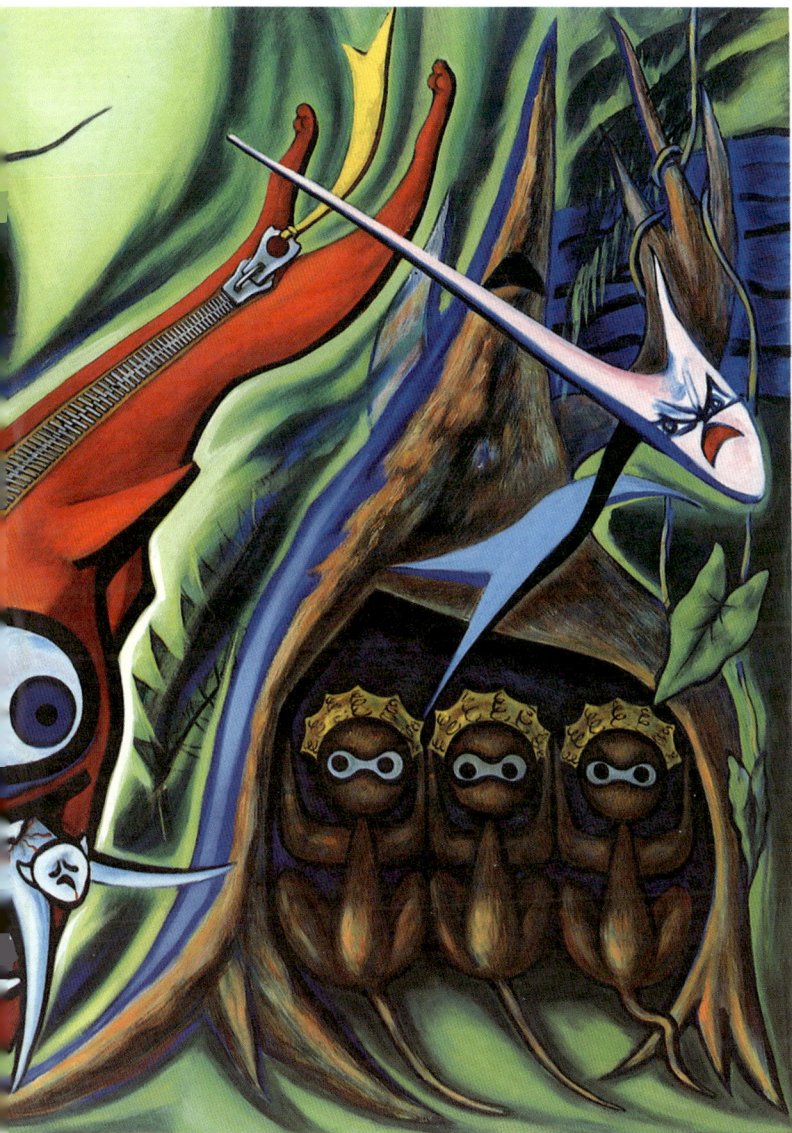

《哄笑》1972 年

目录

今日的艺术

序言
"冈本太郎是什么样的人？"

冈本太郎先生过世的时候，我想起了他的著作《今日的艺术》。

其实我早就把这本书的内容忘得精光，只记得它对我产生了很大的影响。长久以来，我一直受制于"艺术应是这样"，但看完太郎先生（其实我与他的关系并没有亲密到能直呼其名的程度，但我们对谈过，他也赏光参加过我个人画展的开幕式）的书之后，我就挣脱了固有观念的束缚。艺术完全可以更自由！借用太郎先生的话，就是"艺术不能让人舒服""艺术让人不快""艺术不能漂亮""艺术不能精巧"。

《今日的艺术》问世已有四十五个年头。时代变了，现代美术成了一个非常特殊的领域。在人们看来，需要提笔的艺术已经成了过去的遗物。艺术不再是靠感动，而成了用观念（理智）去理解的东西。

不知不觉中，年轻的艺术家变得越来越像思想家和评论家了。他们的作品也有了浓重的宣传色彩，造就了重社会现实而非内在现实的概念艺术全盛期。在这样一个艺术已被制度化的时代，冈本太郎很难找到立足之地，《今日的艺术》也自然成了历史的遗产。

不知为什么，在太郎先生过世的同时，我突然有了重温一遍《今日的艺术》的念头。可把书柜翻了个遍也没能找到，只好联系了我的文库本责编，说："光文社的河童丛书出过那本的，请一定把它收进光文社文库吧！"

于是给本书作序的任务就落到了我的头上，此刻我正在奋笔疾书呢。也许本该重看一遍再动笔，可要是看了，说不定会对书的内容评头论足，说些"这部分很有新意，那部分就显得过时了"之类的话。其实艺术本没有新旧之分，关键在于它有没有超越时代的普遍性。

今年的比去年好，明年的比今年好——一味追求新概念与新样式，导致现代美术处于一种完全闭塞的状态，奄奄一息。到处都是用自以为是的创意拼凑起来的作品。我们应该尽快从理性的头脑创造回归感性的直觉创造。能察觉到这一点的人，必定会再次拿起冈本太郎的著作，重新翻看。

《今日的艺术》在当时十分畅销。热爱艺术、希望从事艺术工作的人应该都读过。虽然我不记得太郎先生在书里说了什么，但还是想拾回当年的兴奋。不，也许现在重读会有更新鲜的体验。我等不及要成为文库本上市后的第一位读者了。

这段序言写得有些语无伦次，请大家见谅。四十五年前的我怕是做梦都不会想到，自己会参与《今日的艺术》的文库化工作。一想到这儿，我着实百感交集。

毕加索曾说过这样一句话：

"比起绘制一幅杰作，那位画家是什么样的人更重要。"

常有专家认为冈本太郎在某个时代的某个作品最好。真是荒唐。

"冈本太郎是什么样的人"——放眼日本，恐怕没有人比太郎先生更切合毕加索的这句名言了。

横尾忠则[①]

---

① 1936－，日本著名平面设计师、艺术家。

初版序

在这本书里，你应该会看到很多闻所未闻、出乎意料，甚至与常识相悖的文字。

只要认真看下去，你也许会意识到，这些才更真实，更理所当然。

我想让这本书成为一个标识——驱散笼罩日本多年的阴霾，树立富有创造性的现代文化的标识。

本书的内容围绕艺术展开，但绝不仅限于艺术，而是与我们生活的方方面面，与生活的本质息息相关。我希望有更多平时对艺术不感兴趣的人来翻翻这本书。

在书中，我会通过文字，在轻松的氛围中与你促膝长谈。如果你看完书之后不认同我的观点，或是有不同的意见，请畅所欲言。让我们用更开放、更积极的态度，集众人之智，重振我们的文化生活。

一九五四年八月

冈本太郎

第 1 章

艺术为什么存在

一提起"艺术",大家都会联想到"华美""高端"这样的形容词。但同时我们对艺术又似懂非懂,不知道该从哪里着手。为什么世界上会存在这样的东西?艺术作品会在全世界范围内受到高度评价,有时会成为交易的对象,艺术甚至能让一些人无怨无悔倾注毕生心血投身其中。如此富有魅力、令人愉悦,抑或令人抗拒与绝望的"艺术",到底是什么呢?

有人会对这个问题显得很有把握。可即使那些被尊称为"专家"或"老师"的人,有时也会给出截然相反的判断,提出完全不同的主张,天知道谁对谁错,标准又是什么。一心想彻底搞清这个问题的人,反而会愈发糊涂。

仔细想来,就算世界上不存在艺术,就算我们对它一无所知,也能开开心心地过日子。那么一定有人认为,艺术不过是用来装模作样的。从这个角度看,艺术确实有着"社会装饰品",甚至是"奢侈品"这一层面的属性。

生活的喜悦

艺术到底是什么？

这个很简单的问题正中本质。

在我看来，艺术跟我们每天吃的食物一样，是人类维持生命的必需品，甚至可以说是生活本身。

但它并没有享受到应有的待遇。现代社会的错谬与扭曲造成了如今生活的空洞。艺术的空虚，正是这种空洞的倒影。

每个人都只能活在当下，确信每个瞬间都有其意义，由之而来的喜悦就是"艺术"。这种喜悦被表现出来，就成了"艺术作品"。我们就从这个角度出发，重新审视现代人的生活，与艺术的作用及价值吧。

现代人变成了零件

我刚才说过，艺术归根到底是生活本身的问题。对普通人而言，生活就是靠工作维持生计，再利用闲暇时间适当娱乐。娱乐活动充其量是看看电影、职业棒球、职业摔跤、拳击，或是郊游、泡温泉这样的消遣。到了第二天又得重新抖擞精神，投入糊口的工作之中。这大概就是正常、普通的生活了。

诚然，为了满足社会生产的需要，人们每天都要做各种各样的工作，制造各式各样的东西。可我们真能品尝到"创造"带来的充实喜悦吗？"为了工作而工作"才是大家的真实感受，不是吗？

随着生产力的提升，社会分工日益细化，生产本身也慢慢和原本与之相伴相生的"创造之乐"割裂开来。上文提到的状况就是这样产生的。工作完全为生活服务，无论你愿不愿意，都不得不工作。人仿佛变成了机械的一部分，像齿轮一样，失去了目标，只能在工作中一刻不停地转动着。

有人听说过"自我异化"的说法吗？

随着社会的发展，每个人都像零件一样发挥着作用，迷失了目标，更看不到整体。人们离生活的本质越来越远，连感知的能力都渐渐丢失。这就是"自我异化"。

银行柜员清点的是自己一辈子都不可能有机会使用的成捆大钞；女白领在给从没见过的商品登账……世界持续运转，但与自己无关。

一天二十四小时中，我们花最多的时间在单调乏味的工作中，在迷失自我的状态下浑浑噩噩。

很多人似乎看透了人生，以为工作就是为了混口饭吃，不过在用自己的时间换钱罢了。然而，自我异化毒素的侵蚀远比我们以为得更深，也更广。

当生活沦为社会义务，我们就失去了主观能动性。每个人的创造欲都受到了压抑，每个人都在想方设法寻找发泄的出口，却找不到合适的渠道。

快乐却空虚

让我们将视线投向业余时间的消遣和兴趣爱好，它们已经逐渐演变成了现代人的人生意义。

我们的生活中完全不缺消遣，而且消遣的形成也愈发多样。但不可思议的是，消遣的手段越丰富，人们的心灵就越空虚。无论放松还是娱乐，如果无法让人得到真正的满足，让人内心充实着闪耀的生命力，让人感受到活着的价值，就不算是严格意义上的消遣，无益于能量的积累与再生。

举个身边的例子。比如去现场看职业棒球比赛，就是一种很不错的消遣方式。选手在关键时刻打出了本垒打，或是做出了令人惊艳的防守，在场的观众都会情绪高涨。看完这样一场比赛，心里自然畅快。

但问题在于，看棒球就是你的人生意义吗？

棒球比赛与人的本质没有任何关系，而你也并未为那记本垒打出一点儿力。现场观战固然能带来感动，可你终究是个"看客"而已，更不必说只是看电视转播。棒球比赛是别人在打，你本没有参与其中，因此，"自我"终归还是缺失的。就算你察觉不到，空虚也会在不知不觉间沉淀、堆积在你的心底。

为了让自己快活，你才去观赛，却在享受比赛的同时受到了伤害。这种伤害，就来自于难以名状的空虚。

你恣意玩乐，其间似乎也很开心，但空虚还是如影随形。若无法感受到源自生命的、天然的喜悦，内心就无法得到满足。就算你没有意识到，心底依然会有这样的渴求。一旦找到了"感觉"，健康的生活乐趣就会自然而然地喷涌而出了。

重拾自我的激情

每一天、每个瞬间的自我放弃、不合情理、无意义与荒唐。

社会越是发达，这样的矛盾伤口就越大，大到让人绝望。

我要再次强调，大多数人都放弃了挣扎，学会了随波逐流得过且过。每个人小时候都觉得人生是很美好的，都幻想过自己长大后的模样。可是长大后发现，每一天的生活好像都不是自己想象中的样子。于是开始着急：我的人生不应该是这样！不过能察觉到这个困境的人往往极为敏感、诚实。大多数人甚至不会产生这样的疑问，习惯于在麻醉中自欺欺人。

回避问题，不着手解决，人心就会在惯性下撕裂，不相信自己，也不相信他人。提不起干劲儿，无精打采，同时愈发焦虑。

买一台冰箱或一辆车都能让生活更快乐一些吧。但依靠这样的外在物质是无法充实自我的。我们不能被外在牵着鼻子走，而应该牢牢把握自己的生活，抓住生存的力量。也就是"创造自我"。

那么，到底要怎么做呢？

我想，艺术的意义就在于此，且听我慢慢道来。正因我们置身于现代社会，艺术才显得尤为必要，有着分外重要的作用，值得我们去关注。

用一句话概括艺术的作用，那就是激发重塑自我的激情。现代人的不幸、空虚、异化和其他种种负面情绪都会在这一点上化作能量，喷涌而出。力量或才能不是最关键的，就算力量微小，也能在无力的状态下表现出全身心的感动，由此让观者去触碰人生意义。

这是为拾回自我而进行的最为纯粹，也最为激烈的行为。以象征性的方式呈现人性的完整——这是今日的艺术被赋予的使命。

欣赏艺术的方法——你是有成见的

尽管常有人抱怨："近年来的画作真难懂，都看不出画的是什么。"事实上，在历史的长河中，艺术从未像今天这样深入地切入我们的生活。

"艺术"在以前是非常高端的东西，是特权阶级与专家的专属，人们也不认为它应该是人人都能理解的。直到今天，艺术终于打破了这一界限，开始广泛渗透到本来和艺术无缘的普通人的生活中。

这正是现代社会开放性的体现。而且今日的艺术通过创造全新的形式，找回了人类本质的喜悦，获得了前所未有的自由与力量。

可惜还是有很多人深受旧有观念的束缚，认定艺术就是艰涩难懂，从而敬而远之，觉得艺术和自己没关系。其实今日的艺术就是人的生活本身，是人生意义之所在，许多人无法意识到这一点，让我着实焦躁。

想必是"画就该这样"的成见根深蒂固，以致大家无法专心、真诚地欣赏作品。人们总是在不知不觉中成为旧习惯的俘虏，忘记反思和批判。

也许你觉得自己的判断足够诚实，或者从未思考过什么是艺术，自然谈不到什么偏见或成见。可是每个人成长的过程中，用眼睛看到的一切，用耳朵听到的一切，都会渐渐成为知识储备与教养，会有助于我们理解认知事物，同时也会削弱天生的直觉，削弱用灵魂感知事物的能力。依据常识和惯例认知事物——不客气地说就是一种通俗而功利的人生观。这样的人生观往往会让我们失去心灵的纯粹。要是人生观形成时接受的教育落后于时代，那就更糟糕了。

因循守旧、食古不化是万万要不得的。我们绝不能自满，而应当不断直面新的问题，超越过去的自我，保持精神的活力与新鲜，否则杂质和污垢会在不经意间让你闭目塞听、动弹不得。

比如，很多人从小就被灌输了"花儿很美""富士山很壮观"这样的观点，以致一听到"花"，甚至不会正眼看那朵花一眼，就下意识地说"好美"。简直像在对暗号，有了上句就一定要接下句。同理还有女孩子身上的花衣服，她们并不在乎图案是否真的美，也不管配色是不是和谐，只要带花，就是好看的，就要穿上身。

这只是一个简单的例子，在后面的章节中，我会深入剖析这种现象，事实要更复杂难解。

艺术鉴赏不像和邻居打交道，也不是某种所谓的"做事方法"，而必须抱着一颗纯粹的心，靠直觉去感受。所以艺术鉴赏的第一步，就是把心灵的污垢清除干净。艺术不是听来的，也不能靠别人教，只能靠自己去摸索发现，要把它看成与自己相关的一部分，这样就能自然而然直接地与艺术产生联系和碰撞。我不会在这本书里向大家阐释艺术。我一贯主张艺术没法教，没有比教艺术的学校更荒唐的玩意儿了。艺术本是每个人与生俱来的激情与欲望，只是被几层厚重的罩子蒙住了而已。我只能和大家一同思考卸下罩子的契机与方法，帮助大家掀开那些罩子。之后就各凭本事，自由地欣赏艺术吧。到时候，你一定会发现"不懂艺术"这件事有多么荒谬。艺术关系到每个人自身，甚至可以说是生活本身，绝不是与自己毫无关系的。

"我总觉得近些年的画有点莫名其妙""我可搞不懂什么艺术"……把这些话挂在嘴边的公司职员、老师、邮递员或是蔬果店的帮工，一旦意识到其实自己也是艺术家，便会恍然大悟："什么啊，原来艺术不过如此啊！"原本以为深奥难懂的东西，便会像栽在土里只看到叶子就知道种的是萝卜了。

每个人都是天生的艺术家，都是天才。我们只是被尘埃遮蔽了双眼，看不清自己的真正面貌。总而言之，舍弃那些将"现在"变得毫无意义，将"生活"变得淡而无味的赘物，才是当务之急。

道理很简单，人人能懂。问题在于，让心灵蒙尘的到底是什么？我们又该如何清除？

在接下来的章节中，我会把问题逐一呈现出来，从多个角度，来粉碎那些混有杂质的固有观念。

希望大家能在这个过程中获得艺术层面的自觉，把生活的喜悦与自由牢牢握在手中，明朗自信，以全身心直面现实，跨越难关，让心灵更加坚强，让视野更加开阔。

第2章
所谓『不懂』

无论做什么事，都要从把它"搞懂"开始。要是什么都"不懂"，就根本没办法着手，更不可能进入下一个阶段。

　　近年来惹人非议的画作往往都是无法在瞬间凭以往的常识与经验来评价和判断的作品。圆形和三角形等几何形状的堆砌，泼洒了污渍状痕迹的模糊笔触，滴几滴颜料到画布上，或是杂乱无章的线条、漫无边际的梦幻场景，甚至类似于毫无美术细胞的孩童的涂鸦……很多人觉得"这样的画，我看不懂啊"。

　　可艺术根本不存在"难不难"或是"能不能看懂"的问题——这样的误会是愚蠢的偏见导致的。要理解现代艺术，就让我们从这一点聊起。

"八字"文化

符号的魔法

大家去日式餐厅或古朴民宅时不妨仔细观察一下。屏风、纸门、门帘、装吸烟工具的小盒子、蒲扇这类工艺品的边角处，总是刻画着八字形的花纹（不过近年来好像不太多见了）。

那么，你可知道这种八字花纹代表的含义？

是富士山。日本人看到这样的花纹，该不会歪着脑袋嘟囔"看不懂"吧。也许有读者会说："废话！八字一直是富士山的象征啊，这有什么好讨论的……"可是仔细琢磨，你便能意识到其中的微妙之处。

我们不能通过八字纹感受到富士山所特有的气息。它无法让我们联想到高耸的山峰，也没有体现出富士山独特的美感。抱怨现代画难懂的人不在少数，可八字纹不也是这样吗？然而，没人会为八字纹费神或抱怨难懂，这不过是因为大家都知道它的象征意义。

也就是说，八字纹不是"画"，而是一种符号或暗号。八字纹即富士山即好的事物。我们都认同这个等式，理解起来十分顺畅，毫无障碍，仅此而已。可我们到底看懂了什么呢？

如今，不会有人因八字纹缺乏内涵而耿耿于怀。因为它只是一种约定俗成的形式，照惯例存在于一些特定场所。相反，却会对那些在现实生活中产生强烈冲击，带来切身感受的作品（比如现代画）产生疑问，过分关注"要怎么理解它"。当然，我们也没必要在餐厅走廊里品味艺术带来的感动，所以对符号的认同看起来也无可厚非。不过让人头疼的是，人们往往会把这种符号和艺术混为一谈。

八字纹只是个具有一定典型性的例子，在绘画的世界里泛滥，与它异曲同工的形式其实比比皆是。

鲤鱼跳龙门图也好，竹雀图也好，还有松树、老虎、不倒翁……这些经常出现在壁龛中的题材、形式看似越来越复杂，但实际上与八字纹并无多大分别，不过是些符号。

只要建的是日式房屋，无论是否有实际需要，都会照惯例做一个壁龛，再照惯例，把充满这些符号的挂轴挂进去。如此一来，才会觉得家里像个样子、够气派了，压根没考虑过"鉴赏"的问题。

装饰家居环境的出发点并不是"自己喜欢"或"想要",而是面子和排场;生活不以自己所处的现实为基础,而是受惯性和缺乏实质意义的约定俗成所驱使。这种用符号取代真情实感的氛围,就是封建时代日本令人绝望的形式主义。天知道它让生活贫瘠了多少。我将其戏称为"八字文化",其中最具代表性的就是尤其适合挂在壁龛里的日本画。它当然不符合当下现代人的生活方式与态度。万幸的是,人们近来似乎已将这种书画划入了"过去"的范畴。那么是不是这个问题就能慢慢得到解决了呢?果真如此就好了,无奈事情没这么简单。"八字文化"在我们意想不到的地方留下了难以消除的影响。就连艺术色彩浓厚的油画,也面临完全相同的问题。

今日的"八字"艺术

"现代艺术就是莫名其妙的玩意儿,那根本就不是画!"——越是这种义愤填膺的人,好像越能安心地欣赏静物画、风景画和裸女画。可仔细琢磨一下,我们就会意识到其中有着常常被人忽略的怪异之处。

好比静物画,画的都是"随意"摆在桌上的苹果之类的物品。

摆得整整齐齐是不行的，一定要像塞尚①画的那样随意，否则就没有价值；风景画要有典型油画的感觉；裸女要身缠华丽的织物，躺在古朴的床铺或椅子上……在一些人眼里，只有这样的画才是"油画"。

这未免有些太过荒唐。你的桌子上总会故意摆上好几个水果吗？你的母亲和姐妹总是一丝不挂地躺在家里吗？

上面提到的这些，原本是欧洲十九世纪的自然主义题材，也是油画最初被引进日本时的题材。从明治、大正到今天，百十年过去了，人们还在不知腻歪地盲目重复。

这些画取材于欧洲的市民生活，在当时具有一定的时代与现实意义。以裸体画为例——西方建筑有很高的私密性，只要走进房间，关上房门，那就是一方只属于自己的天地，连上帝都无法窥见。因此，炎热的天气里，人们的确是赤身裸体的。恋爱的秘戏，也是奔放的肉体盛宴。换言之，裸体画是一种基于日常生活的艺术题材。

众所周知，欧洲人崇尚肉体美的传统可以追溯到古希腊与古罗马时代。奥林匹斯的众神自不用说，竞技者那健美的肉体，就是美与德的典型。后来，禁欲主义随着基督教的兴盛深入人心，

---

① Paul Cézanne，1839－1906，法国画家，后期印象派的主将，被誉为"现代绘画之父"。他对物体体积感的追求和表现，为立体派开启了思路。

人们开始厌恶、鄙视肉体，视肉体为罪恶的陷阱。在历时千年的蔑视肉体的时代之后，欧洲迎来了文艺复兴。这场运动意味着古典文化的复兴，也讴歌了人世间的生活，欣赏和赞美丰盈肉体的开放风气再度占据主流。这一时代的杰出艺术家——比如波提切利[①]、达·芬奇[②]、米开朗基罗[③]等都表现过健美丰盈的裸体，开创了之后西方裸体艺术的传统。

可日本的情况完全不同于欧洲。无论是屏风还是拉门，都能被人悄悄拉开；稍不留神，纸上就会出现裂缝和破洞。也许就是这一点让日本人的生活变得狭隘了。人们时刻都要担心周围的视线，畏首畏尾；窥探别人的隐私，找到一点儿把柄就大做文章。对日本文化来说，或许破洞和裂缝才是宿命。这样的生活充满了危险，对女人来说，即使无人在家，或不远处出了什么事，街坊邻居都跑去看热闹，她们也不敢脱光了衣服躺在屋里，行房时也要时刻顾忌他人耳目。当然，对日本人而言，"裸体"也是现实的一种，可日本并不具备裸体画所呈现的生活样态。

综上所述，完全不加思考地照搬生活中并不存在的题材，还

[①] Sandro Botticelli，1445－1510，意大利文艺复兴初期画家，也是意大利肖像画的先驱者。

[②] Leonardo Da Vinci，1452－1519，意大利画家、科学家，与拉斐尔、米开朗基罗并称意大利文艺复兴三杰。

[③] Michelangelo Buonarroti，1475－1564，意大利画家、雕塑家、建筑师和诗人，文艺复兴时期雕塑艺术最高峰的代表。

误以为那就是自然，就是写实主义，实在有些可笑。

自然主义的源泉，实质上是否定十八世纪之前西欧脱离现实的贵族文化的精神。高举写实主义大旗的法国著名画家居斯塔夫·库尔贝①说过："美就在自然中。它是现实的，并在现实的基础上以各种形式被人所发现。"因此他没有像以前的画家那样，在画布上描绘神话故事，或是贵族、英雄的荣耀这种人为的、脱离大众生活的东西，而是把视线聚焦在现实生活中随处可见的寻常题材（图1）。印象派画家也如实呈现了人们身边的自然美，并没有把美"神秘化"。他们画的是随意散落在桌上的苹果、平凡的风景和普通女性的裸露（图2）。这种自然主义与十九世纪市民阶级争取自由的历史是并行的，将反叛的精神寄托于艺术之中。所以这些画家的作品有着能够打动人心的时代意义。

日本在明治时代首次引进了这样的西洋画。不难想象，当日本的画家用完全不同于日本画的新技巧描绘静物和风景的时候，他们一定深受感动。后来，黑田清辉②等画家创作了日本第一批裸体画，一时间引得满城风雨。他们把被打上"无用""淫乱"且"不洁"等道德标签的裸体画上升到了艺术的高度。让人们从画家

① Gustave Courbet，1819－1877，法国画家，写实主义美术的代表人物。
② 1866－1924，日本油画家。吸收法国外光派画风，创立了日本外光画派。日本油画在19世纪下半叶的兴起带来了东方人敏感的裸体画问题，导火线就是黑田清辉的裸体画作《朝妆》的展出。

（图 1）库尔贝《采石工人》1849 年

（图 2）雷诺阿《音乐会》1918 - 1919 年

的大胆尝试中，体会到解放肉体的快乐。这种自由的感觉与内心的感动，与艺术息息相关。

随着时代的变迁，二十世纪的自由精神已经有了新的方向，也须更积极地去面对新的命题。在这样的时代背景下继续跟在一百年前的标准后亦步亦趋，根本算不上艺术，也不可能打动人心。问题在于，八字纹变得越来越精巧，并加入了一些看似深奥的元素，以至于鉴赏者、评论家甚至创作者都轻易认为那就是艺术。他们反而觉得这样空洞、脱离现实的东西是"美"的，是"严肃"的。

山水画也是一样。呈现在画纸上的一定是古色古香的中式风景，留着长须、手持长杖的仙人在奇石怪岩间悠游（日本若有这样的山石，怕是早就在地震中崩塌了）。这也是我们从没见过、完全脱离现实生活的画面。可是长久以来，这样的画作岿然占据着我们的壁龛。其实这归根到底还是"八字"写就的闹剧。它们不过是一种符号，代表着"这是一幅画"，与艺术毫无关联。乍一看态度谦虚，没有过分突出自我，但实际上拉着传统的大旗，带有封建社会的功利主义色彩。无聊而脱离本质的生活与它的非艺术性仿佛阴暗、厚重、无边无际的煤烟，笼罩日本全境，令人绝望。到该和"八字文化"诀别的时候了。再粗俗、再难看，我们也应该从自己的实际生活出发，持守内心，一步一步踏踏实实前行。

请大家以诚实的态度，重新审视自己的内心世界。且不提那些狂热的爱好者，每个立足于现实生活的人都该问问自己：看到那些落后于时代的老套玩意儿时，心灵会不会受到震撼？会不会产生感动？会不会由此联想到更多？

　　那些所谓"不知道画的是什么"的现代画，反而能在新时代的人心中激起更多的热情与共鸣。这不是什么牵强附会，正因现代画贴合现代人的生活，才能如此强而有力地流传开来。

看不懂的画作之魅力

抽象主义

我们还须从另一个角度，对"懂不懂"的问题探讨一番。

假设你去看了一场画展。看到描绘富士山或美女的画作时，你不会产生任何疑问，只是觉得"啊……真漂亮"。可当看到一幅"莫名其妙"的画时，就会自言自语道："这是什么东西啊……"还会下意识地停在那幅画前。离开展馆之后，后者反而会给你留下更深刻的印象——大家是否有过这样的经历呢？

在街上与美女擦肩而过，当然令人愉悦。可走出十来步后，就会把美女忘得一干二净。同理，漂亮的风景画也不会在我们的记忆中停留太久。

不漂亮，看上去也不精致，教人看不懂。如果这样一幅画是真正的杰作，那么就算"不懂"，你的心也会在看到它的那一瞬间打开。很多人都发现，欣赏过乍看之下不可思议的画作之后，原本可以安心欣赏的普通画作反而显得无聊了。其实，艺术对生活的影响宛如一种强大的"物理力量"，只是大家往往都没有意识到。不知不觉中，艺术会改变你看待事物的方式，会颠覆你的人生观与情感。受常识与思维定式的影响，你从未对周遭环境产生过丝毫怀疑，可是在某一刻，身边的寻常物品会突然绽放出耀眼的光芒，而你只是误以为自己"看不懂"，实则早就触碰到了艺术的本质。

让我们更加具体地思考一下现代艺术。根据发展历程，我们可以将它大致分成两种风格——抽象主义与超现实主义。先从抽象艺术讲起吧。

抽象画不同于以往的绘画，完全没有描绘自然的形态。画面上只有几何学的圆形、三角形、矩形或是无法用语言表述的各种形状，以及纵横交错的线条。用色也同样自由，摆脱了"苹果是红色"或"树木是绿色"这种说明性的意味。

仔细想来，与自然的诀别，其实也在一定程度上脱离了现实生活。也许有读者会觉得，这和前文所说不是相互矛盾吗？实际上，抽象画中存在充分的生活的必然性。且听我慢慢讲来。

与以往的绘画相比，摒除一切约定俗成，完全自由的抽象画可以用"无前提"这三个字来形容。如果画上是暗香浮动的玫瑰，是娇嫩欲滴的美女，是让人想悠游其间的风景，那就是一幅优秀画作了吗？这样的评判标准与作品的艺术内涵毫无关系。像旅游景点的明信片一样，照片本身可能相当无趣，但它们能引发人们的遐想，让思绪在想象中的风景里驰骋。画面中的内容逼真与否、技法如何，并不是艺术层面的问题。

撇开这些无关绘画本质的描画对象，试图通过画面元素（颜色与形状）的合理安排与呼应，创造出纯粹的、令人感动的美——这就是抽象画的目的。因此我们也可以把它称为"纯粹画"，至于"我不懂画的好坏，但画里的姑娘让人心动""画里的苹果看起来可口极了"……这种令人垂涎的联想，怕是超出了抽象画的能力范围。

也就是说，抽象画本不存在"画的是什么""画的东西有什么意义"这样的问题。艺术不是猜谜。我们不需要对作品作多余的解读，只要抱着开放的态度，让灵魂与画面激烈碰撞，获取最直接的感动就够了。请大家摒弃一切偏见，关键在于：你喜不喜欢，有没有被作品深深打动。

超现实主义

另一种情况是，你能看懂画的是什么，却不知道画家为什么要用那么奇怪的表现手法。比如画面上散布着很多形似拉链的东西，天空中飞舞着神似野兽的人脸和身体，或者是几近融化、扭曲的时钟……简直像梦中的情景，完全不符合现实逻辑。这就是所谓的"超现实主义"风格。

"荒唐透顶""疯了""那也算是画吗"……有人瞧不起超现实主义，也有人认定画中暗藏玄机，有着深刻的含义与思想，于是费尽心思寻找线索。

超现实主义的目的可说是彻底的质疑，试图剥开理性、道德、美等种种浮于生活表层，会随时代与场所不断变化且没有规则标准的东西的虚饰，试图挖掘出隐藏在人性最深处的本质。

简单说，超现实主义想把那些不会受常识与八字文化约束的、人类原原本本的欲望和感动如实展现在作品中。因此，超越美、理性与道德就是超现实主义者的信条。超现实画与抽象画相反，站在不合理、反美学的立场上。

这一流派的创始人安德烈·布勒东①曾说："超现实主义就是无意识的描绘。"即"通过口头、书面或其他方法，表现思维的实际运作。是不受理性、美学或道德观念妨碍的思维表现"。

举例来说，即便只是简单地画一条线，也会受到各种杂念的影响。仔细想来，要心无杂念、诚实、自然地画一条线，其实是

① André Breton，1896－1966年，法国诗人和评论家，超现实主义创始人之一。他和其他超现实主义者追求自由想象，摆脱传统美学的束缚，将梦幻和冲动引入日常生活，以创造一种新的现实。

很难的。"我一定要把这条线画好","这样的形状更好看","著名画家就是这么画的"……诸如此类的念头都会影响到我们，甚至在不知不觉中成为一种习惯。各类常识与固有观念时刻支配着我们的心灵，就连画一条线这么小的事，都要跑出来插一脚，妨碍我们真正独特而纯粹的表达。

许多线条组合在一起，汇成了形状，或是被赋予了意义、思想等更为复杂的东西，那要保持纯粹就更难了。因此我们一提笔，就会画出俗套的形状，或是只模仿到了别人的皮毛，或是参考了某个原型……甚或失去创作的欲望。真是要命。诚实又敏感的人碰到这种情况，甚至都会开始厌恶自己。

为了挣脱固有观念的束缚，坚定的意志与行之有效的方法必不可少。超现实主义者为了去除"杂质"进行了种种尝试。之后，他们在梦境与疯狂的世界中，发现了比常人更纯粹的人类的理想状态和精神生活的本质。

奥地利精神病学家西格蒙德·弗洛伊德的精神分析理论，仿佛为超现实领域带来了光明。被常识、固有观念和处世之道困住的人多多少少都会无意识地粉饰表面，压抑真我。艺术应该就诞生在描画对象卸下不自由伪装的时刻。好比在梦境世界，成年人也能天真无邪地悠游在想象之中。这时，常识的压制会出现缝隙，潜藏在心底的真实欲望与画面，就穿过这些缝隙，浮出表面。像这样连自己都不完全了解，却存在于内心深处的意识（精神分析学中称之为"潜意识"），比存在于被社会规则和常识强行扭曲的意识层面的东西更真实。所以直接表现出人的深层意识，才是更纯粹，也更准确的艺术表现。超现实主义不仅限于梦境或疯狂的世界，它们会通过各种技术，通过意想不到的组合，构筑新鲜的剧本。换言之，超现实主义追求的是人类本能中的非合理性。

因为超现实主义不合现实逻辑，就认为它无聊、胡闹，这样的言论是绝对站不住脚的。人类精神的根源，就在其非合理性中。

无法用逻辑解释的神秘形象与故事，无时无刻不在滋养我们的灵魂。《一千零一夜》《灰姑娘》《竹取物语》《桃太郎》……这些故事为儿时的我们铺就了通往缤纷梦境的道路，在长大成人后，也依然支撑着我们的精神世界。故事中的南瓜会变成黄金打造的马车，竹节里会出现美若天仙的公主，还有阿拉丁的神灯与飞毯……正因为它们都是不合常理也不合逻辑的超现实形象，我们才会深受感动。

支撑起所有民族文化的神话与传说，都是非现实的；各种各样的妖怪魔物，都出现在长久流传的超乎想象的梦幻故事中。

看到有十一张面孔的佛像，或有一千条手臂的观音，我们不会因为"不合逻辑"而愤慨，反而觉得很美，很神圣。这样的艺术作品表现出了人类精神的极致，比普通的写实更有力地戳中我们的内心。

那么看到同时代的人创造出新的超现实作品时，我们为什么要去吹毛求疵，纠结于能不能看懂呢？这样的担心是多余的，因为它们比远古的故事更具现代性，也更贴近艺术的本质。不套用过去的已有形象，而凭借丰富的精神力量，创造属于自己的全新的神话与传说——这才是艺术，才是生活。我们应该甩掉看到现成的东西就轻易认可的思维惯性，怀着坚定的意志，不断创造新的神话。

为了方便理解，我将新艺术明确分成了抽象主义和超现实主义这两种进行了简单讲解。当然，很多作品是介于这两者之间（无论是形式层面，还是内容层面），不能被简单粗暴归类的。

鉴赏与创造的追逐

在本章最后，我想与大家探讨一下另一种情况：不是完全看不懂，而是不知道该如何判断它是不是一幅好作品，或者说无从判断作品的价值。

很多人都觉得自己分辨不出艺术的好坏，其中还有不少人为了提升自己的鉴赏能力，听很多讲授，翻阅指南、讲解类图书，付出了巨大努力。然而，越是往脑子里填塞各种各样的知识，就越是容易被知识牵着鼻子走，反而迷失了最重要的"自我"，变得越来越糊涂。一旦失去了自我，再怎么学习，再怎么增加知识储备，都无法理解事物的本质。好比这本书，要是有读者期待我对现代画做一番讲解，那恐怕是要失望了。如我之前所说，本书绝不是鉴赏类的"指南"。艺术本就无"教"和"学"之类的概念。我只是想通过这本书，激发出潜藏在大家内心深处的、自己都尚未察觉到的艺术感悟力。这是我写作本书的初衷。

常有人在看到一幅画作后如此感叹："真不错啊，虽然我看不懂……"很少有人这样评价小说和电影，但碰到绘画和音乐，这种说法出现的频率就很高了。当然，说这话的人可能是在谦虚，也可能是在用反话炫耀，而无论哪种情况，这话都毫无意义。

我们在觉得作品好的那一瞬间，就已经懂了好的一部分内容，完全没有必要为了其他没弄懂的部分担心。

无论何时，我们都要用自己的双眼诚实地欣赏作品，这是前提。只要能有所发现，这个"发现"就是"价值"。画作不是谜题，我们不是为了寻找隐藏的答案才去看画的，而应该抱着坦诚的心态，勇敢地与作品碰撞，摆脱过去的经验，不断提升感悟的能力。如此一来，你也许就会发现，原本觉得很好的东西其实很无聊，原本没什么兴趣的东西，反而更能点燃激情。即使作品不变，欣赏的人越积极，越有热情，就越会对作品的深度与高度有深刻的理解。

杰出的艺术家都会靠着坚定的意志不断开拓进取，不断进行新的创造。当然，我们无法基于已有的常识迅速鉴别他们的作品，只有大胆舍弃固化的观点，不惧困难，抱着超越对方的积极心态，才能做到真正意义上的鉴赏。你以为自己很懂，殊不知新的艺术创造已经走在了你的前头——这样的情况并不少见。也就是说，创造与鉴赏始终处于你追我赶的状态，而它们的价值，正体现在飞速前进的过程之中，所以艺术是不能用一成不变的思维去理解的。

我们没有必要因为虚荣装出一副很懂艺术的样子，也不能因为看不懂，就草草认定自己没有鉴赏能力，悲观地认为艺术与自己无缘，从而对它敬而远之。

许多年前，我曾为东京日本桥的高岛屋百货店设计过橱窗。橱窗共有八个，每个都有不同的主题与特色。

我让娇媚的假人梳起月代头，让金鱼在裸女周围游动，让一个穿着土豆做的裙子、有一对白萝卜做成的胸脯、用笸箩当脸的太太和老鼠搏斗，还让一个人浑身上下喷涌出无数条手帕……异想天开的设计，再加上百货店地处闹市，橱窗一公开，就吸引了大量行人驻足。

公开展示的第一天下着雨，但橱窗周围还是挤满了人。商人模样的中年人，提着购物篮的主妇，孩子和老婆婆……大家撑着伞，嘟囔着"什么东西啊，看不懂""好奇怪啊"，却迟迟不愿离去。有人一脸无语，也有人面带微笑。

他们都不是会特意去画展的人，大概也从未对艺术进行过多少思索。可正因为如此，才能坦率地接触艺术作品。他们是真的以为自己"不懂"，可要是不懂，又怎么会撑着伞，在雨中站上二三十分钟呢？换言之，他们在生活层面是懂的，也在活力十足地吸收新时代的感动。嘴上说"不懂"，却在内心深处觉得作品有趣，笑得前仰后合。能在百货店这个最大众的场所完成创作，为这些人提供与艺术亲密接触的机会，我深感荣幸。

我还在东京池袋站前广场的中央搭建过一座庆祝圣诞节和元旦的巨塔（命名为"Merry Pole"）。它有三十米高，形似树木，仿佛有生命一样。彩色的窗户形状各异，朝外敞开，一到晚上就闪闪发光。

要是把这件作品送去展览，挂上"雕塑"的标签，肯定会有很多人直呼"看不懂"。而放在人头攒动、贴近现实生活的地方，反而更容易被直接、不加思索地接受。因为它凸显了艺术的本质，充满节日的欢乐与喜悦。

第 3 章

何谓『新』

"新"这个词

"新"的真正含义

在探讨新艺术，主张艺术必须是新的之前，我想先说清楚何谓"新"。

仔细思考就会发现，"新"这个词有个很大的问题。首先，它的用法很混乱。一听到"新"，大家都会无条件地联想到纯真。它像氧气一样，它充满了光明和希望，给人活着的意义。

但大家也知道，"新"也有负面含义。在某些场合，它是不成熟、不坚定、轻佻浅薄的代名词。

一个字有着两种不同的面貌，被赋予了完全相反的价值。一方认为它越有魅力，越是好，另一方就越是排斥，敌意也越强烈。如果只被作为抽象词来用，那没什么问题，可一旦被用在社会生活的方方面面，被新老两代人分别用在相互对立的场合，含义就意外地复杂起来。这样的对立究竟是如何产生的？又会在什么场合下出现呢？我们有必要把这些问题梳理清楚。

以"新"为荣，认为它有迷人魅力的往往是年轻一代。而代表过去的权威站在既有道德标准的立场上抱批判态度，想方设法要阻断它。

当然，今天的权威，也曾是通过否定过去的权威走到台前的"新生力量"。也就是说，每个时代的年轻人都想打倒旧有体系，取而代之。而老一代人为了保护自己，将上升势头的新生力量视作巨大的威胁，一心要将其扼杀在摇篮中。就算双方尚未意识到这样的敌意，也注定无法相互理解。

在年轻人相对幼稚，心绪不定的时候，矛盾不会特别明显。然而，当他们一旦认定了方向，要将想法付诸实践，想在工作中做出一番成绩的时候，必然会遇到意想不到的强大阻力。这堵墙，又高又厚。

年轻人为崭新的梦想燃烧着热情，然而就算梦想合乎逻辑，年轻人也有足够的实力，只要那是从未有过的新生事物，就会遭到旧权威的抵触，会被形容成"愣头青的美梦"和"不切实际"。

"道行不够""人不错，就是太年轻了"……这些评价让人不快。如果年轻人还是坚持己见，毫不气馁地往前冲，就会被当头棒喝："年纪轻轻还这么狂妄，真不像话！"

这样的对立永远存在，而新的价值就是在双方碰撞的过程中被创造出来的。在历史层面，我们可以通过分析双方力量的强弱，看到时代螺旋前进的轨迹。

　　在一个朝气蓬勃的时代，人们会觉得新生事物充满了耀眼的光芒，会敞开胸怀接受，"年轻"也是希望的代名词，从而受到社会的关注。反之，要是在一个死气沉沉的时代，旧有权威就会仗着自己的势力压制新生力量，试图巩固己方阵地。

　　回顾历史，就能发现这样的攻防战不可避免。

　　二战刚结束时的日本摆脱沉重的过去，仿佛脱胎换骨一般，朝气蓬勃，有了崭新的文化，跃上了世界的舞台。一切都是不稳定的，都在混乱中摸索，但同时也点燃了新活力的希望。这就是动荡时代的生机。

　　可没过多久，求稳的情绪弥漫，旧秩序卷土重来。

　　年轻人丧失了自信，沉迷于老虎机和麻将，终日无所事事，用虚无又没有意义的方式发泄长期压抑造成的郁闷，只是他们自己尚未意识到。干什么都没用，就算没有自己，社会也能照常运转，一切跟自己没有任何关系——大概就是这样一种心态。

　　社会萧条沉闷，惰性跟霉菌一样泛滥。年轻人不再对新事物跃跃欲试，开始投机取巧了。老气横秋的权威们反而放下心来，摆出一副很开明的过来人姿态。耻辱的年轻人，肮脏的老人。这感觉太让人难受了。

因为没有真正的实力，这些权威不想与年轻人正面相抗。与其动真格，不如拉他们下水。这是他们的战术。

年轻人也在这种社会氛围的影响下当起了乖孩子，听从权威指示，试图在既有规则里好好干。他们不再反抗，而是耐心排队，梦想着有朝一日能轮到自己坐上如今权威的位置。

前些天看到一项调查。受访者都是精英——东京大学法学部的学生——货真价实的优等生。调查结果显示出他们有着匹敌老年人的心态，一心想在平静和美的小市民生活中寻求稳定，追求低风险、可实现的幸福。最崇拜的人是阿尔贝特·施韦泽①、林肯和父母。简直像小学生、初中生的答案。这样的回答的确保险，挑不出一点儿错，应聘时也许是比较理想的，可青年的精神振幅真是这么狭小吗？

在现实社会，尤其是政府机构和公司这样的组织里，大家都深谙这样的处世之道，遵循这样的道德观念在某种程度上也是无可奈何。可是，人一旦迷失了自我，活着还有什么意义呢？

新旧势力双方都在避免明确、真格的对立和冲突，狡猾地回避问题，却无法消除因此带来的空虚感。

---

① Albert Schweitzer，1875－1965，德国神学家、哲学家、医生及音乐家，1952年诺贝尔和平奖得主。

这样的氛围同样弥漫在艺术界。因此我们看到的多是外表光鲜，却没有真正经过思维雕琢，具有鲜明特性的作品。老一代巧妙维护自己的权力、新一代安于现状的文化是没有希望的。

新一代必须洞悉这套机制，颠覆不合常理的惰性，高歌年轻的美好与人生的意义。两代人在文化层面的针锋相对，才能不断推动历史前进。

"最近的年轻人真是……"

上了年纪的人貌似都有些坏心肠。单独看每一个人可能都不错，可是他们一旦聚集在一起，释放出"权威"的气场，就会变得跟墓碑一样死气沉沉。

"最近的年轻人真是……"他们总喜欢把这句话挂在嘴边，仿佛一个悠久的传统。今天皱着眉头发这种牢骚的老人，当年肯定也被自己的父辈和祖辈用同样的话批评过。等轮到自己有了话语权，还是会用同样的话贬低新生代。他们以为自己作出判断的时候心怀善意，事实上是无法忍受新事物所带来的危险性。

问题就在这里。新事物与新一代自有新的价值标准，如果这套价值标准不会带来任何冲击，能原原本本地被旧的价值观念接受，那它也不算"新"，没有了时代意义与价值。所以那些能让你觉得"太夸张了"的东西——也就是自己无法判断，也无法理解的东西，才有可能成为充满活力的新价值。因此在做判断时，我们要充分斟酌，谨慎决定。

从生命的角度看，年轻就算不够成熟也是好的。嘴上嚷嚷"姜还是老的辣"，不把年轻人放在眼里，可一旦成为别人口中的"老人"，还是会不高兴；而要是被人夸"年轻"，即便知道不过是奉承话，心里也是美滋滋的（被艺伎称呼为"大哥"就更美了）。我们完全可以认为年轻，就是无条件的好。

而且年轻是不可逆的。老一辈看年轻人的言行不顺眼，其实是一种绝望的嫉妒。要是"最近的年轻人真是……"这样的话快到嘴边，你就应该立刻意识到，这是衰老的征兆，小心克制，千万别真的说出口。

站在理应受到尊敬的老人家的立场上看，这些话可能有些残忍粗暴，但我评判一个人是不是"老人"的标准并不是生理年龄。年轻与否，全看对待青春是怎样的心志。要是一个人时刻都在蜕变，从不原地踏步，那他就能永葆青春。即便被视作"权威"，也能保持当初否定旧权威时的热情，不断前进，超越自己与时代，那他就属于年轻与新生力量的阵营，而不是终将被推翻的旧势力。反之，有些人年纪不大，却分外老成世故。虽然用历史的眼光看，年轻一代必然会超越老一代，但具体到每个个体就不一定成立了。请大家铭记，资历是没有意义的。同理，生理层面的年轻，也绝不是特权。

当然，欧洲也存在新旧两代的对立，也有跟"愣头青""乳臭未干"意思差不多的说法。但是在欧洲文化中，年轻是值得骄傲的事，这一点与日本相反，所以这些词贬义不是很强。批评老朽的词更占优势。欧洲的老一代不会说"最近的年轻人真是……"，但会试图用"我年轻时怎么怎么厉害"赢得年轻人的艳羡。因为不需要为生活奔命，于是动不动就美化过去。躲进美好的回忆中，也是一种空虚的自欺欺人，是老人的车轱辘话。好在这种说辞不至于对现在的年轻人造成压迫，至少比"最近的年轻人真是……"要中听。

法隆寺的壁画新吗？

"新"还有一种更含糊的用法。例如我们在形容杰出的古典艺术作品时，常会用"历久弥新"这个词。意思是，艺术杰作能带来无穷的感动，无论什么时候去看它，都能收获新鲜的体验。

我参加过一场以"艺术之新"为主题的研讨会。那是法隆寺金堂的火灾①发生前的事了。会上，一位日本画大师冲我吼道："法隆寺的壁画难道不'新'吗？"这一出来得太莫名其妙，以至于有点滑稽。我猜想，他之所以那么激动，可能是介怀自己从事的工作是不是"老旧"。也就是说，他是为了声明自己一点儿都不老，才狡猾地搬出了谁都无法反对的法隆寺壁画。

我不慌不忙地回答他："那都是一千多年前的东西了，能不老吗？"大师顿时哑口无言，脸上红一阵白一阵，直喘粗气。

话虽不中听，但我觉得自己的态度是端正的。为了防止大家像这位日本画家一样陷入思维的混乱，有必要仔细梳理一下"新"这个词的用法。

即便是在千年后的今天，法隆寺金堂壁画这等杰出的艺术作品依然能给我们带来新鲜的感动。人们说希腊雕塑有永恒的新意，也是出于同样的道理。但这终究是一种修辞，是它的形容词用法。法隆寺的壁画有一千多年的历史，希腊雕塑则是两千年前的作品，作者、材料和作品经历过的漫长时间与岁月……一切的一切，都是"老"的。

而我们却觉得这些作品很"新"，生活在几个世纪之后的我们产生这样的感觉，是因为我们的灵魂对新意怀有激情，天生愿意

---

① 1949 年，日本奈良法隆寺的金堂在修复中发生了火灾，第一层内壁与柱子被烧损。此次火灾也是日本政府制定《文化财产保护法》的契机。

去接触体验。也就是说，艺术作品带来的感动具有现代性。当然，如果是古董商人看到，那职业习惯一定会促使他发出"啊，好老啊！不得了！"的感叹。

刚才提到的那位日本画家还有一些当代人的良心，所以才会觉得"新"是好事。但遗憾的是，明明活在当代，他的作品却还不如一千年前的壁画有新意——作品是否具有新意，才是首要问题。作为活在当下的艺术家，在新意这方面被一千年前的壁画比下去也太丢脸了。这样的话，还不如立刻掰断画笔，别再吃艺术这碗饭。

不去管自己有没有创新，反倒纠结法隆寺新不新，这简直是白费力气。无奈老一代常犯这个毛病，他们会反过来利用"新"这个词来否定新时代的东西。他们很清楚自己的无能，才会拿和自己没有半点关系的古典名作当挡箭牌找年轻人的茬，好一个狐假虎威。老一代人对古典作品的鉴赏毫无新意可言，跟他们自己的创作如出一辙，往往建立在陈旧的模式上，只是在拿"新"当幌子。

比起不接受任何新生事物的顽固保守派，这种脚踏两条船，只会用"新"包装自己的家伙更让人头疼。他们意识不到自己的吹毛求疵，年轻人要是不提高警惕，也有可能被他们骗到。

看到这儿，想必大家也能清楚地认识到，"新"有着各种复杂，甚至相互矛盾的含义，从它的用法中我们能看到水火不容的立场与时代的断层。用同样的词语主张不同的观点，不乱才怪。

也许会有读者觉得，新旧两方没法分得这么清楚，我也太偏袒新一代艺术家了。对照历史就会发现，每一个时代都有残酷的新旧对立，而新势力总会否定、打倒上一个时代，实现自身的发展。

思考时只从自己所在的时代出发，目光难免会变得短浅。我们应该把视野放得更宽，看得更深，冷静地进行观察。

艺术总是新的

美术史不会重复

艺术必须是新的。从这个角度看，无论在哪个时代，艺术都是人们尊崇的对象。但我之前也说了，正因为它是新的，才会受到极为严苛的非难。艺术家都需要忍耐与时代相反的评价与矛盾，靠勇气与智慧跨越难关。

艺术就是创造，因为"新"是艺术的至高命题和必要前提，艺术史与美术史完美证明了这一点。大家不妨翻一翻这方面的书籍，我敢保证，艺术绝对不会以同样的方式重复出现。人们虽然会坚持美术的传统，但同样的形式与内容绝不会出现第二次。日本的"艺道"以忠于传统为佳，这就是艺术与艺道的区别，关于这点我会在之后的章节详细解释，我们先来解决另一个问题。

艺术的形式不存在固定的规则，即"必须做成这样"，每一个时代，每一个瞬间，都会有新鲜的表现诞生，所以每一个时代都有其不同的艺术形式。我们不妨简单回顾一下近代艺术的发展历程。

以西方为例，文艺复兴之前的主流艺术是宗教作品。因为在中世纪，基督教享有绝对的权力，以至于所有的美都建立在带有信仰色彩的庄严上，所以那个时代诞生了众多以圣母玛利亚、基督、使徒和圣人为主角的画像与雕塑。文艺复兴以来，人们虽然还是会以宗教题材进行创作，但作品展示的不再是超凡的神圣感，而是长久以来受到压制的、鲜活的人性（图3）。

不久，权力从宗教，也就是神的代言人教皇手中移交给了近代国家的王侯贵族。此后，绘画作品就不再具有宗教色彩，象征贵族荣耀与权力的华丽肖像画越来越多。身着华服的贵族居于画面中央，威风堂堂（图4）。

法国大革命过后，市民阶级在十九世纪成了时代的主人。我在上一章也提到过，反映市民心境，以日常生活为题材的自然主义日渐兴起，艺术的表现手法也紧扣市民生活，变得更现实了。后来，又涌现出了致力于按科学理论分析、创造绘画的印象主义和新印象主义。当然，这一变化受到了近代生产方式与蓬勃发展的自然科学的影响。

到了二十世纪，超越朴素的科学主义，与更高层次的宇宙观

（图3）鲁本斯《下十字架》1611 年

（图 4）里戈《路易十四》18 世纪

相呼应的、形式自由、元素抽象的新艺术形式应运而生。综上所述，艺术在每个时代都有不同的形式与使命，因此艺术形式本就不存在什么绝对性。

文艺复兴时期达·芬奇的画作再杰出，凡高、塞尚的作品再出色，活在今天的我们也不能盲目照搬。谁都知道这么做很荒唐，是"八字"式的闹剧。可总有人觉得从事这种落后于时代的工作才是正统，这些人还因此成了行业权威。

每个时代都有各自的艺术课题。生活在二十世纪后半叶的我们，自然也有必须直面的问题，我们也必须用与之相符的全新形式来解决。

建筑也好，音乐也好，文学也好

当然，这个道理不仅限于绘画。建筑、音乐、文学和其他艺术形式都是如此。曾几何时，人们认为建筑就该是庄严暗沉的，就该装饰着华丽的花纹，就该摆饰着天使的雕塑，造型也是越复杂越好。但现代建筑简单明快，空间也是基于几何学的，在实用性上很值得称道。

再看音乐。以贝多芬为代表的庄严的古典主义，以肖邦和舒伯特为代表的优美华丽的浪漫主义，和现代音乐有着完全不同的和弦。被绝对化的和谐观念，在二十世纪被彻底颠覆了。米约、普朗克等人创作的多调性音乐会通过若干种不同调子的同时呈现，演绎出不和谐音。阿诺尔德·勋伯格和他的同仁们则完全否定了和弦，使用让人不快的音律作曲，创作了无调性音乐。此外，十二音序列，将日常生活中的非音乐声响融入作品的具象音乐，只用电子合成的声音的电子音乐……这些都是今日的音乐创作形式。不习惯现代音乐的老一辈只觉得它们是连续不断的噪音，一点儿都不好听。但是在一双跟得上时代的耳朵听来，那就是悦耳的音调，能打通全身感官。因此，它们才能成为今日的"正统"。而爵士乐对年轻人生活的全面渗透，也是无法忽视的时代发展的体现。

再看文学领域。十八世纪之前，贵族色彩浓厚的宫廷文学还是主流。到了十九世纪，我们迎来了浪漫主义的变革时代，福楼拜与左拉的自然主义和实证主义，超现实主义者布勒东和艾吕雅领导的流派，普鲁斯特、乔伊斯、福克纳和卡夫卡引领了二十世纪文学的飞跃。还有人提出了彻底否定以往的小说形式："新小说"。

由此可见，每一种艺术都没有继承老旧的形式，而是致力于解决每个时代的全新课题。

对新生事物的偏见

何谓流行

　　和"新"有关的问题还有很多。每个人对"新意"的态度都不会一成不变，毕竟时代先锋创造出的形式对旧权威来说是不可理解的，碰到后他们会煞有介事地说："那不过是一时的流行，要不了多久就会过去，根本不值得去琢磨。"

　　万物在不断变幻，都有盛衰兴旺。历史会不断创造新价值，又将它们推翻，然后重新来过。"不变的事物才有价值"不过是自我保护的本能造成的错觉。

　　顾名思义，"流行"是流动的，是动态变化的。正因如此，无法及时抓住流行的人才会倍感焦虑，进而对此给予负面的评价。但是请各位仔细想想——世上真有不"流行"的东西吗？今天人们眼中的"正统"，也不过是悠远历史中的一帧。变迁意味着不断超越，创造更新的事物当然是好事，可就是有人因为流行的可变，而瞧不起、否定它，试图开历史的倒车，实在无趣至极。

不少"老牌专家"都给现代艺术下了这样的评语："轻佻浅薄，不过是一时的流行而已。"但他们年轻时从事的也都是当时的流行艺术。在明治时代，裸体画和印象派的风景画就是颠覆传统的革新式流行，当时鼓起勇气创作这类艺术作品的人也同样受到了"老牌"的抨击，然而，时代前进了，那些年轻人却成了今日的权威。

只要一样东西能牢牢把握这个时代的方向和人们的欲望，那就不可能流行不起来。文艺复兴时期那种富有人性的艺术形式就不是流行了吗？无论是古典主义、浪漫主义还是现实主义，都是它们所属时代的流行，都受到时代脉搏的驱动。艺术的本质就是创新。

自明治时代开始，日本的新生事物总是来自国外。日本人眼花缭乱地忙着接受这些"舶来品"，无暇自行创造，结果人们把新事物跟模仿、装模作样、轻浮画上了等号，奇怪的固有观念就此成型。这是对"潮流人士"特有的优越感的一种抵触，也体现了在外来文化面前的自卑。因此日本人往往会先入为主地认为流行就是模仿。我们必须把这个观念扭转过来，明白流行源于创造。

换言之，流行有"创造"与"模仿"两个侧面。真正的艺术能创造出前所未有的新事物，引领时代前行。人们被它所吸引，然后加以模仿，就成了流行。正是流行的这两大要素，推动着时代不断前进。对"艺术之新"敬而远之，认定那是不值一提的流行，是流于表面的心血来潮，那就一定会被时代抛弃。

无根的日本主义

新的问题又出现了，很多日本人有种根深蒂固的想法——新艺术就是对欧美的模仿，是轻浮的、没有根的。这种看法错得很离谱。日本出现现代艺术有其必然性，绝不是模仿外国的结果。不能说它完全属于西方世界或属于东方文化，这是符合现代世界生产方式的"世界性艺术"。

在对此进行阐述之前，我想先指出这种疑虑重重的观点背后的矛盾与不合理性。

很多人总想着把现实生活粗暴地分成日本的和西方的两种。可他们虔心供奉的那些高雅的日本文化到底是什么呢？且让我们仔细分析一下。

回顾历史我们会发现，日本文化始终是通过"进口"发展起来的，因此很难界定什么是真正的日本文化。

首先日本最重要的古典艺术——奈良时代的佛教艺术，就是从大陆传入的（五三八年，钦明天皇在位时）。其次是我们平时使用的汉字。汉字虽已完全变成了日语的组成部分，但大家都知道，这并不是日本自古以来就有，而是从中国学来的（应神天皇在位时）。直到平安时代，贵族和知识分子写信和日记时都还是用汉文，也就是纯中文。尽管假名文字早在平安初期就已诞生，人们却觉得这种书写形式低人一等，将其蔑称为"女手①"。纪贯之②的《土佐日记》是日本第一部假名文学，作者当时还得假装作品出自女性之手。平安时期的日本文学家几乎都是女人，也许与此不无关联。现在，就算是深受外国文学影响的知识分子，也不会用英语或法语写信、写日记吧？大家总以为平安时代是最有"日本味"的，但当时的人们却毫无愧色地全盘接收了外国文化。

我们穿的和服也好，日常的生活用品和食物也罢，有很多都来自大陆。我要是太过强调这一点，可能会引起一些人的不快。但进口文化并没什么不好。法国、英国、德国，究其本源（在文艺复兴时期确立了各自的主体性之前）都是文化输入的国家。以舶来文化为耻，可说是这些国家的知识分子的乖僻性。

太平洋战争期间，我在中国的路边小店看见有卖绢豆腐的，日本士兵兴高采烈道："这不是日本的豆腐嘛！"还有人惊呼："哟，

① 即"女人的文字"。
② 872－945，日本平安时代初期的随笔作家与和歌圣手，被认为是平假日记等散文文学的先驱。

还有油豆腐哎！"我解释道："这本来就是中国的东西。'豆腐'这个词本就是中文，味噌和茶本来也是中国的东西。"话音刚落，他们就吼道："混账东西，你敢瞧不起日本！"一副要把我打成卖国贼的架势，让我一时间不知所措。

无数普通人坚信很多舶来品是日本自古以来就有的。好比和服——大众眼里享誉世界的日本文化代表，也来自大陆。日本古时候的服装是套头连身裙、裤子和袖管很细的褂子，跟我们现在穿的洋装完全不同。直至奈良时代，大陆的衣着风俗才传入日本，又逐渐演变成了今天的和服。布料的织法和衣服的缝制方法与织工一起传入，日本人将其视作"高级文化"，全面引进，还将来自中国吴地的织工称为"吴织"，织物也叫"吴织"（四九六年，雄略天皇在位时）。今天我们耳熟能详的"吴服"一词就是这么来的。吴服本是来自外国的"新时尚"，但久而久之，来自吴地、外来这层意思消失，"吴服店"也成了最有日本味的商铺。

这么说来，"洋装"一词的外来意味近来渐渐消失。再过一阵子，要是有人一不小心说"洋装原本指的是西洋的衣服"，恐怕要被民粹主义者骂个狗血淋头。

我们可以通过上面的例子看出，所谓日本自古以来的传统文化，几乎都是从大陆引进的，日本受到了大陆文化的全面影响。明治时代以来，日本又同样拼命吸收了西方文化。

同样是引进，过去的就能敞开心扉接纳，可到了今天，面对
需要我们负起责任审视把握的进口文化就百般轻视，说那是对外
国的模仿，没有一点儿日本味。这种人一心想着否定现在的、切
实的生活，是因为他们缺乏文化自信，无视过去的舶来品，拒绝
面对和接受今天的生活。这种态度是矛盾而卑劣的，不彻底粉碎
这种愚昧的观点，就无法迈出第一步。

近代文化的世界性

世界变小了

　　说到这里，也许有人会误会我的意思，认为新的东西就要全盘接受，总之模仿外国才是王道。可我并不主张一味模仿。如今的新事物已然跳出了西方或东方这样的空间限制，有了世界性，能被东西方同时接纳。发展到现代，世界终于实现了真正的一体化。在此意义上现代艺术肩负着光辉的历史使命。那么这种"世界性"是如何诞生的？我先简单梳理一下这个过程。

　　十八世纪后半叶，科学工业的进步催化了工业革命的爆发。不久后，国际资本主义就迅速发展起来了。在那之前，世界其实被分成了无数个自成一体的"小世界"。各国、各地区都有其独特的风俗习惯，且这些习惯被完整地保存了下来。生活环境的不同，造就了不同的世界观，也就是看待一切事物的观点——宗教与道德自不用说，连审美也各不相同。当时的人们都生活在狭小、局限的"小世界"里。十七世纪法国著名哲学家布莱士·帕斯卡曾说："纬度差上三度，所有法律都会颠倒过来……以河为界的正义太过荒唐，比利牛斯山脉这一边（法国）的真理，到了那一边（西班牙）就成了谬误。"（《思想录》）

随着资本主义在西欧国家的发展，国与国之间的壁垒被不断打破。资本主义生产规模越来越大，需要大量的原材料，而这些原材料很难在一个地方凑齐。为了销售产品，人们也需要到更广阔的世界寻找市场，于是发达国家争夺殖民地的竞争愈发激烈起来。人们开拓了世界的每一个角落，世界终于变成了一个完整的"圆"。

众所周知，在嘉永六年（一八五三年）佩里[①]来日之后，欧美人才真正开始了解日本这个国家。虽然在那之前，传教士也留下了大量详细的文献，但除了极少数的知识分子和船员知道中国东边有一座如梦似幻的孤岛外，大多数西欧人并不知道世上有个叫"日本"的地方。

而对日本人来说，西方人也只是"红毛南蛮"，我们对他们说的语言和情感一无所知。在三百年的闭关锁国之后，西方人突然扛着先进武器现身，要求通商。幕府末期的日本受到了巨大冲击，

① Matthew Perry，1794－1858，美国海军将领，因率领黑船打开锁国时期的日本国门而闻名于世。

全国上下惊慌失措，很多人甚至不把西方人当作同类，坚信他们如恶鬼般可怕，避之不及。司马江汉①在手记中写道："在一次宴会上，有位公卿坚称荷兰人不是人，而是野兽，着实令人叹息。"

当时坊间还盛传洋人要喝人血，而且他们能用魔法吸取远处人体内的鲜血。这误会是怎么来的呢？原来是有人看见了洋人喝葡萄酒的画面。当年的日本人把红葡萄酒误会成人血可能实有发生，值得玩味的是这件事发生的时间距现在并不久远。没过多久，日本就被不由分说地被拽出了锁国的美梦，以现代国家的身份重新出发。

当然，觉醒的不光是日本，与外界隔绝的所有国家都逐渐睁开眼睛，看到了世界的现实。后来，地球上的所有人都被迫融入了同一个文化圈（虽然政治层面出现了两个世界相互对立的情况，但在文化层面，且不论内容，文化的形态并没有太大的差异）。今时今日，世界的同质化倾向愈发明显，这是一种既不算是"西方"，也不算是"东方"的、全新的世界性氛围。

洋装与和服

让我们通过日常生活中的例子来做更深入的观察吧。比如我

---

① 1747－1818，日本江户时代学者、艺术家。日本洋画的创始人。

们平时穿的"洋装"当然是从西方引进的，但如我之前所说，现在的日本人几乎不会意识到自己穿的是舶来品。无论是上班族还是体力劳动者，是司机还是老师，活跃在现实社会中的人都觉得穿成那样是很自然的。

在明治大正时代，人们还有洋装是舶来品的意识，觉得那是权贵和赶时髦的人穿的玩意儿。我小时候，小学生都穿着小仓布做的藏青底碎白花纹日式裙裤，肩上背一个麻布包。即便是东京，也只有两三所特别新潮的学校才让学生穿洋装，也就是西式校服。我念的是庆应大学的附属幼儿园，于是就穿起了西式校服和皮鞋。我清楚地记得穿上洋装的那一刻。我看着闪闪发光的皮鞋头心想："跟电影里的外国货一模一样！"甚至产生了一种奇妙的喜悦。出门走两圈，街坊家的孩子也围着我看。

大正十二年（一九二三年）的关东大地震是一个分水岭。地震过后，学童自不用说，连普通人也开始穿洋装了。可即便是这样，直至二战，和服仍是普通女性的首选。要是一个女人穿上洋装抛头露面，就会显得特别新潮和惹眼。说句题外话，其实我母亲（小说家冈本加乃子）当年就是个摩登女郎。她早在大正年间就在横滨的女装店定做洋装了。那时连女学生都是和服配裙裤，百货店的工作人员也是一身和服。日本桥的三越百货还是全场榻榻米，狮子像入口处有寄存鞋子的地方，要进店还得先脱鞋。日本女人穿着洋装出门，会比身着奇装异服、宣传奏乐的广告员还引人注目。路上遇见的人都会忍不住回头。有的惊讶得迈不开步，有的则露出不屑的微笑，有的还要起哄。母亲倒是无所谓，可跟她走在一起的我就很尴尬了。年幼的我受不了这种注目礼，巴不得找个地洞钻进去。

回忆如此鲜活，仿佛就发生在昨天。与那时相比，人们的衣着习惯已经有了天翻地覆的变化，二战后，女人穿洋装也成了很寻常的事，穿和服反倒显得郑重其事了。以前男人穿和服出门再正常不过，可现在要是一个男人穿着和服走上东京街头，定会有无数人投来怪异的目光。也就是说，人们对洋装与和服的看法颠倒了过来，洋装变得更生活化，更自然，成了理所当然的着装。洋装不再是西方人穿的衣服，而是演变成了今天我们的日常着装。

这当然不是日本特有的现象，世界各地都是如此。我在昭和五年（一九三〇年）去埃及首都开罗时，开罗的女人都蒙着黑色的面纱，只露出一双眼睛，当时这样的装扮还颇有异国情调，可现在再去开罗，就会发现女人们都把脸露出来了，跟巴黎女郎没什么区别。埃及女人的面纱是有宗教含义的，这也是一个政治层面的问题。相较于日本的"和服异变"，面纱的消失是一场更大的变革。

像埃及这样紧邻欧洲的国家，在这十年乃至二十年时间里，同质化程度也越来越快，着实令人吃惊，两次世界大战更是加快了同质化进程。无论在哪个层面，面纱都不再适合今日的生活，古老的地方传统在继续被全新的世界性所取代。

汽车与轿子

再把视线转向交通工具。以汽车为例，美国街上有美国车在跑，苏联有苏联车，日本也有日本车。但汽车总归是汽车，不同国家生产的也都大同小异，不像日本的箱轿、法国的马车和印度的肩舆，有着巨大的差别。虽然受国情影响，不同国家的汽车会在细节处略有不同，但都不是一眼能看出来的区别，整体造型相差无几。

德国汽车可以开在纽约道路上，东京街头也有美国车、法国车、英国车、意大利车和德国车在飞驰，它们成了城市风景的一部分，没有一丝的不协调。人力车曾一度以创新发明的姿态成为东方交通工具的主流，可在现代人看来，它们与如今的街景格格不入。要是有人以崇尚日本情调为由，搬出一座箱轿来用，路人肯定会误以为是商家雇来做宣传的手段。

日本是举世闻名的汽车产国，日本生产的汽车，与荷兰、意大利街头行驶的车辆没什么两样。若把它们摆在一起，也只能靠厂商的标识来分辨。那是因为汽车是根据力学理论设计的，注重的是功能性与合理性，无关国情风俗，因此无论走到哪里，汽车都是大同小异。

总而言之，我们不应该去纠结什么是日本的，什么不是，这是钻牛角尖，没有科学性可言。积极吸收现代的养分，不断推进世界性的文化，才是我们应该做的。

二战刚结束时，许多日本人丧失了自信，再加上粮食短缺与生活困苦，大家都虚脱一般地萎靡不振。就在这时，名不见经传的游泳运动员古桥广之进横空出世，连破多项世界纪录。举国上下又惊又喜，受到了巨大鼓舞，也对他分外关注，称他为"日本的骄傲"。况且，古桥选手取胜并不是靠日本自古以来的观海流、水府流的拔手泳和蛙泳取胜，而是源于国外的自由泳。再往前，自由泳原本是澳大利亚原住民使用的泳姿，二十世纪初才被欧洲人引进。而这些绝不会让古桥选手的傲人纪录蒙上阴影，就算是自由泳，也没有人会因为他是靠外国人的技术赢的而烦恼。

看到这里，也许有读者会觉得这都是废话。和日常生活有密切关系的事物，确实会在环境影响下不断向前发展。而一旦和文化、教育扯上关系，前进的道路就没有那么顺畅了。冥顽不化的人实在太多。他们认定过去的东西就是好，对新事物百般排斥，不愿接受，最后又无法抗拒时代潮流，只得拖拖拉拉地跟上。一碰到文化领域的新事物，就戴上有色眼镜，认为那是在模仿外国。

总有人误以为文化肯定是走在最前面的，再不济也会潦潦草草地前进，但这种想法也是错误的。除去少数先驱性的前卫立场，文化与教育往往会落后于衣食住行等物质生活。关于这一点，我会在之后的章节做更详细的分析。

建筑风格的国际化

现代文化的国际性在建筑领域体现得尤为明显。因为建筑是生活的场所，这一实用属性，必然会推动建筑风格的不断更新。近年来，日本也出现了许多现代风格的新建筑，东京自不必说，即便是地方城市，新鲜明快、与以往风格截然不同的新式建筑也一栋接一栋建了起来，想必各位读者也有同样的感触。

而且，对于建筑来说，一旦建好，就很难推倒重建或是改变风格，它们也不会因为与时代不相称而消失，于是形成了新旧两种建筑相邻而建的状态。以此来诠释"时代的裂缝"真是再合适不过了。

好比东京的丸之内区，不久前，从马场先门到凯旋道路一段还是陈旧的红砖房，窗户很小，看着暗沉沉的。那就是人们口中的"一丁伦敦"。它把一百年前的西欧城市（要是这样倒还说得过去），或者埃及、印度这种英属殖民地的建筑样式原封不动搬了过来，打造出与时代不相符的异国情调。路过那一带，我甚至会有种不是日本的错觉。不过最近那边有不少建筑被推倒重建，老房子已经不剩多少了。与之相对，新大楼接连拔地而起的大手町和日本桥一带显得轻快明亮很多，在这样的地方，我们也能直观地感受到东京街景的实际感觉。

这样的不同是怎么来的呢？因为前者是由德国人、英国人（或他们的学生）设计、指导建造的，不是纯粹的北欧哥特风格，就是殖民地风格，或是纯粹的德式建筑或殖民地建筑；而后者是超越了"地方特色"的世界性现代建筑，它不完全是美国的，也不是德国的或英国的，而是根据需要发展出的合理风格，以现代生活的功能性为首要条件。它略去了象征着权威的虚张声势的多余装饰，单纯明快，简练干脆。这样的新建筑风格越是普及，国别属性就越无关紧要，因为它会成为世界通行的风格，无论是建在日本，还是纽约，都不存在谁模仿谁的说法。我们已经发展到了这个阶段。

将日本建筑的某些元素合理运用后，近来的现代建筑风格完全不会给人留下"西洋"的感觉，它既属于世界，又完全融入日本。

好比窗户，现代建筑的窗户就没有所谓西式的繁复窗框和浮雕装饰，建筑物的整个立面也是开阔简洁的直线，总的来说，很接近日本建筑的风格。

日本人把来自西方的衣服称作"洋装"，把西式建筑称为"洋馆"或"洋房"。丸之内凯旋道路两侧和最高法院的建筑就是很典型的洋房，但近期新建的就不会给人留下这种印象了。

分析身边的例子，大家应该就能意识到，动不动搬出现代风格就是模仿西方的说法有多么荒唐。反倒是那些人们认为理所当然的古典样式，才是屈辱的模仿。新事物并不都是模仿西方的产物。

还有一种很滑稽的现象，尤其多见于银行——希腊柱。好像大家都不觉得这有什么奇怪，但科林斯柱式①、多利克柱式②和爱奥尼柱式③都是古希腊的建筑风格。无论是从地理，还是传统角度看，这样的柱子耸立在现代日本的银行门口都有些莫名其妙。它和日本究竟有什么关联？要是爆发了大规模核战争，人类文化灭绝，待到数万年后，另一种智慧生物发掘出东京的遗迹……未

---

①希腊古典柱式。柱头以茛苕为造型，形似盛满花草的花篮，装饰性很强。雅典的宙斯神庙即采用此种柱式。

②希腊古典柱式。柱头是个倒圆锥台，没有装饰，也无柱基。柱身粗壮，柱头简单，有顶天立地之感。雅典的帕特农神庙即采用此种柱式。

③希腊古典柱式。柱头有一对向下的涡卷装饰。特点是纤细秀美，又被称为女神柱。雅典的胜利女神神庙即采用此种柱式。

来的考古学家绝对会一头雾水。一想到这些，不禁觉得好笑。

文明开化^①之后，日本人一心想要赶超外国，对西欧文化抱有一种可悲的向往，于是乎造就了那些莫名其妙的圆柱。也许这是我们必经的阶段，无法避免。但直到现在，这种奇怪的圆柱依然随处可见。已经建好的银行不说，我有一次在京都街边见到了一座采用了新式建筑风格的银行，门口居然也保留了一根这样的圆柱，像什么招牌似的，着实让人吃惊。真不懂到底用意何在，就那么一根，孤零零地立在门口。

在我看来，这种落伍的做法，才是盲目模仿。我列举的是建筑领域的典型案例，其实每个领域都能找到类似的"莫名其妙"。仔细看看那些以权威自居、装模作样的人吧，他们的脸上都竖着那么一根孤零零的柱子，却毫不自知。

从具体到抽象——我的个人经历

下面进入正题，来聊一聊绘画。很多人都以为日本的现代绘画是对外国的模仿，而我在上一节的论述逻辑同样也适用于绘画。

---

① 日本在明治维新时期，为了尽快赶上西方发达国家，由日本本土知识分子首先倡导，而后全面推行的文化和制度全面西方化的一种革新运动，是明治维新改革的主要措施之一。

在日本，写实的静物画、裸体画与印象派画作被视作正统的代表，实际上这些风格才是模仿欧洲的产物，与"洋房"性质相同，是彻头彻尾的"西洋画"。

再把时间往前推，来审视日本画的题材，便知它们也有些"希腊圆柱"的意思。好比日本画中常见的山水题材——仙人拄杖也不是日本自古以来就有，更不是全世界通用的，如果说它的地域特色，只能说是"中国特色"。如果想都不想就把这种可疑的玩意儿当成日本的绘画，那就太糟糕了。

给大家讲讲我的亲身经历吧。

一九二九年，十八岁的我远赴巴黎。之所以下定决心出国，是觉得自己背负的所谓的日本传统太消极、太阴暗，让我产生了厌恶之情。我想彻底甩掉那些东西，重新出发。

然而，准备提笔作画的时候，第一个具体的问题出现了——为什么要画金发美女和巴黎的街景？这是个简单却切中本质的问题。

当时恰逢巴黎画派（以野兽主义为中心的艺术流派，兴起于一战后的巴黎）的全盛时期，特意去留学的日本画家不在少数。他们或画巴黎的街景，或聘请一位金发模特，让她们脱光衣服，用最流行的笔法把她们的臀部画得分外丰满。他们把全部精力都放在了模仿（对他们而言，这的确是正经的学习）、掌握绘画模式上，只要带着那些作品回到日本，办个旅欧时期创作展，就能在画坛站稳脚跟。

可我偏偏做不到。画那种东西会让我产生难以忍耐的空虚感，我为此头疼不已。没有生活中共通的必然性，徒有形式，或是只有感觉的变形。这种东西画了又有什么意义？它也许能成为一幅画，却不能感动自己。每多画一笔，不自然的感觉就多上一分。实在太可悲了。

我为此烦恼了好几年，都没画出几幅像样的画来，后来在机缘巧合下接触到了抽象画……这段经历我在《画文集前卫派》《黑色的太阳》等书中都有提及，在此就不赘述了。

总而言之，抽象画让我恢复了呼吸。在抽象画中，我完全没有必要伪装自己，最重要的是我能把自己真实的感动直截了当地释放出来。对生活在巴黎的外国人，也就是在和法国传统完全不同的环境中长大的我来说，抽象画将我从描绘金发美女和巴黎风光时特有的空虚感和不协调感中解救了出来。

而且我们可以用这种全世界共通的方式，向任何人诉说。纯粹的线条、律动与色彩，不存在会将人与人隔绝开来的地域特色。巴黎街景或富士山风光则不一样，因为景色能激发的感动和文化背景密切相关。所以当地人和外国人对这些东西的看法与理解是完全不同的，此类题材都在一定程度上背负着民族的历史与传统。

而抽象画利落地抛弃了这种地区性与约定俗成，因此不存在能不能欣赏和理解的问题，也不存在地理或民族层面的偏差。

我意识到，作为一个日本人，要在巴黎立足，就得靠抽象画。这样不存在因为本地的特色等因素被低估或高估的问题，可以和当地人站在完全平等的立场上，直接参与创作共通的课题。抽象画是全世界通行的表现形式。

跨越国境的现代艺术

几何学中的三角形不存在"日式"或"美式"这样的特殊性，也不可能让人感觉到"法国味"，"俄式"的圆形、矩形也是无稽之谈。

从这个角度看，不能说新艺术就是法国画或美国画，因为它是超越国境的"世界画"。与世界历史的发展进程一样，日本画、中国画、西洋画这样的地方分类也消失了。就算个性里不可避免地承载着民族特质，也会展现在无条件的、同质化的基础上。

如前所述，到了近代全世界都接纳了欧洲文化，与此同时，欧洲精神也同样受到了它从未接触过的异质文化的强大的反作用力。也就是说，欧洲对世界的征服，造成了包括欧洲文化在内的，世界上每个文化圈的相互刺激与猛烈激荡，孕育出了既非东方，又非西方，不属于任何一个地区的新世界。

二十世纪初的革命性艺术流派——立体派在很大程度上受到了非洲和太平洋西南部黑人艺术的影响。十九世纪末，日本的浮世绘版画在欧洲备受追捧，野兽派和之前的凡高、高更①等后印象派艺术家的作品，都深受浮世绘的影响（图5）。曾几何时，油画仅针对生活在以巴黎为中心的欧洲这个"小世界"的人而创作。到了今天，油画的内容已经涵盖了全世界，而它要打动的对象也遍及全球。

很长一段时间，欧洲人都在世界上占据着优势地位，这是因为他们主动与异质文化相抗，并跨越这些元素迈进了新的阶段。欧美艺术家当年依靠引进日本元素掀起了艺术革命，而到了今天，我们这些日本艺术家要比他们更激进地抓住欧美乃至全世界艺术形式的课题，将它们化作自己的血肉，积极主动地创新。

这不光是日本需要直面的问题。长久以来，绘画艺术的基础都来自西欧的学术派，但二战摧毁了这些基础，二战结束后出现了一种非常明显的新趋势，新艺术开始接连诞生于墨西哥、古巴、非洲、印度……也就是那些所谓的现代化水平较低、远离欧洲文

---

① Paul Gauguin，1848－1903，法国后印象派画家、雕塑家，与凡高、塞尚并称为后印象派三大巨匠。

（图 5）凡高《唐吉老伯》1886 年

明的国家。日本人真的不能再缩手缩脚了。

这已经不仅仅是艺术形式的问题，全世界人的情感都趋于同质化，无论纽约还是东京，白领与工人的情感都是极其相似的（虽然存在一定程度的因经济原因造成的差异），对有可能撼动生活根基的战争的担忧、对和平的希冀都是完全相同的。能对和平产生影响的事件与言论会变成新闻，乘着电波，在瞬间传遍全世界，将全世界的人卷入同样的情绪中。

由此可见，现代人的情感已经超越了地理的界限。

前卫与现代主义

人们口中的新事物已经不新了

我的观点总结成一句话就是：一定要"新"，只有新事物才有价值。这话当然不错，但是在艺术层面，光有"新"其实还不够。如前所言，"新"这个概念里存在两种立场，一种是"创新"的人，另一种则是接受"创新"，随即将之视作模板的人。我们需要将这两种立场加以辩证分析。

艺术是时刻创新，绝不能全靠模仿。套用别人的创作自不必说，即便是二次利用自己以前的创作也不符合艺术的本质。只有靠自己的力量开疆拓土，不断前进的艺术家，才称得上"前卫"。而能够将前卫精神融会贯通，使它更容易为大众接受，就是现代主义。

再进一步说，真正的艺术具有契合时代要求的流行元素，与此同时，它也会冲破流行。在这个过程中又会引领新的流行。艺术其实是流行的深层动力。

艺术家要与时代尽可能地碰撞，迸发出激烈的火花。

一言以蔽之：现代主义者会贴合时代，追随当时的审美，而真正的艺术家始终抱有批判态度。以时代精神反抗、超越现有的惯性状态——艺术家用这种"反时代"的方式推出自己的作品。正因为他们是从无到有地不断创造，才称得上"前卫"。

艺术层面的真正意义上的新，其实只存在于它成为"新事物"之前（这话可能有点不好理解）。说极端点，人们一旦开始说"这个东西很新"，那就意味着它已经不算新了。真正的新事物不会让人产生它很新的想法，它的表现手法不会轻易被人接受，正因如此才有货真价实的新鲜感。

走在多数人前面，一边与不被理解做斗争，一边提出问题，发掘不同以往的美，与社会激烈碰撞并推动其发展……这一过程需要付出巨大的努力。也有人是在新事物被认可之后，担心不跟上就会落伍而亦步亦趋。这两者有着天壤之别。乍一看，先创造出来的东西和后来的仿品很相似，因为后者在形式上进行了模仿，外形看似相同，一时间难以辨别，有时仿品反而会更加精巧。而且它们为人接受的过程很顺畅，没有遭遇抵抗，观看者更易消化，自然也会更喜欢这类作品。也难怪，把香精冲淡一些，不也更容易入口吗？

问题是，在抵抗中诞生的东西，与那些后来问世没有遭遇过抵抗的东西所包含的气质和内涵是完全不同的。前者暗藏激情，是纯粹的艺术表现，是通过巨大努力与心力打开自我后在痛苦的试炼中抓住的某种东西。后者则是利用前者制造的、就算抱着惯性的心态也能接纳的东西。前者是具有悲剧色彩的先驱，后者则有谁都放心接受的、与流行相符的别致，即所谓的"现代主义"。

现代主义也许能让人赏心悦目，为生活增添乐趣，但无法鼓舞我们，让我们发现生活新的一面，无法唤起强烈的生命力。

与无处不在的轻快氛围相对抗，试图抓住某种新事物，形成跨时代的飞跃——这样的少数派很难立刻被时代接受。他们得不到认可，深受孤独的煎熬，却不得不继续创作"不像画的画"——这就是艺术。这是前卫艺术的宿命，这些少数的人才是真正的创造者，才担得起"艺术家"之名。他们是人群中的少数派，而我们不能因为自己不是艺术家，就认为生活中不需要什么少数派。其实每个人的精神世界都有两个不同的层面，一面是追求安逸的生活——没有这样的追求就没法活下去；另一面则觉得"光这样还不够"。再追求安逸的人，内心深处还是会有这样的冲动。也就是说，人类蓬勃的生命力终究会促使我们对真正的前卫和艺术家的创造产生共鸣。

每个时代都存在这样的对立面，而精神生活的张力，就在于两个对立层面的相互抗衡和排斥。

现代主义在生活中的功用

综上所述，现代主义也许不具备创造时代的能量，但它也有自己的价值与作用。将真正的艺术家的创造视作范本，接纳并将它引入大众，塑造时代特有的氛围——这就是现代主义这种"流行"的功用，也正是推动时代前进的动力。

现代主义还能创造宜居的生活环境。建筑、家具、装饰、商业设计……它打造的是日常生活中的美。无论是家具、装饰还是各类生活用品，近来备受追捧的都是"好设计"与"现代设计"。

常有人问我设计到底是不是艺术。从严格意义上讲，设计拥有不同于艺术的要素。且不论本身的好坏，设计必须尽可能被更多人喜爱与理解。好比海报，要是海报的设计超出了人们理解的范畴，就算它有再高的艺术性，也不是成功的商业设计。没法坐的椅子，不能使人安心居住的房子，就算再有艺术价值，也不能成为"商品"。

再加上商品往往需要量产，因此现代设计必须满足被尽可能多的人喜爱这一条件。

又比如，我们在现代主义风格的咖啡厅坐上一会儿，就会觉得神清气爽，可要是把人丢进充斥着"真正艺术"的地方呢？艺术的纯粹包含着激烈的内核，让人无法气定神闲地坐下来休息。喝茶的时候，你的精神也要时刻面对本质的、无法逃脱的人性问题，在这种状态下恐怕连茶的味道都品不出来，更别提休息了。我们的生活需要能安心随意地放松休息的地方，这样的咖啡厅随处可见也是理所当然。

选择服装、领带与饰品的时候，这种情绪也会有所体现。我举的都是生活层面的例子，道理同样适用于绘画。许多绘画作品看起来一副"我可是艺术"的样子，内里却是取悦人的现代主义。我要再次说明的是，这种作品绝不是艺术，不能因为它是绘画，就草率地将之等同于艺术作品。

时代一变迁，流行的模板一有变化，现代主义就会过时。某些画作具有所属时代特有的价值，能给人带来一种"在一九××年的摩登时代去银座喝了个茶"的乐趣，但是到了下一个时代，这样的魅力就消失了。这是因为很多画作虽有时代意义，却没有超越时代的价值，并不是创造。

真正的艺术不会因时代的变迁而落伍，因为它能带来无穷尽的新鲜与感动。真正的创新艺术不仅具有它诞生之时的新鲜冲击，更有能超越时代的永恒生命。在下一章，我会就这一点深入展开。换言之，"相对（时代）价值"与超越时代的"绝对价值"是创造必不可少且无法分割的本质。

停滞会超越停滞

本章我们探讨了前卫的本质与现代主义的功用，但人们往往只会从现代主义的角度看待艺术。例如，很多人觉得最新式的画作肯定在巴黎，最新的绘画技术也肯定源自巴黎。就好像有很多人认为最新款的车肯定源自意大利一样。因为在他们的逻辑中，最新的东西肯定在发源地。

许多画家也的确会翻阅法国的美术杂志，紧跟最新动向。

例如我旅欧回国之后，就被人问道：那里最近都流行什么啊？欧洲现在怎么样啊？他们大概以为新的艺术形式肯定会在欧洲诞生吧。这种思路是完全错误的，无法帮助我们解开艺术的难题。说到"停滞"，欧美的停滞比日本严重得多，也正因如此，他们才会苦苦挣扎，做出新的尝试。可日本呢？日本是放心往地上一坐，等着新事物从外国传来。

艺术无时无刻不在停滞。没有停滞，就没有突破，突破之后，又会遭遇新的停滞。艺术的动向，就蕴藏在这种危机之中。

　　人生也是如此。想认真生活的人总会发现前路一片漆黑，路上总有障碍，总有绝望的时刻。只有那些有决心克服重重艰难的人，才能获得有价值的人生。换种晦涩的说法就是，艺术和人生，都时刻在与虚无相抗，所以才会让人心生畏惧。

第 4 章
艺术的价值转换

我要大声宣布：

今日的艺术，

不能精巧，

不能漂亮，

不能舒服。

因为我坚信，这是艺术之所以是艺术的根本条件。

　　我的意见与传统的价值标准，即"画应该是精巧的、美的、让人愉悦的"正相反。也可能有读者觉得这些话颇有些违背常理。且让我向大家说明其中的道理。

称赞一幅画的时候，人们往往会说："画得真好""好漂亮""看着高兴、舒服"……可要是看到一幅从未见过的画呢？也会有很多种情况。我在现代主义那章说过，有些现代画虽然看不懂画的是什么，却本能地让人觉得"漂亮""舒服"；有些则是怎么看都好看不起来，技巧看上去也不是很高超，更不能带来丝毫愉悦。也就是说，作为一幅画，它教人无从下手，以往的鉴赏方法都不适用。这种时候大家肯定都疑惑过：这样的东西能有什么价值呢？

　　在传统的价值观中，杰出的艺术作品必须符合某些固有标准。但是在我看来，那些完全不符合标准却拥有强大的力量，能震撼到每一个人，彻底颠覆并改变人们生活的作品，才是真正的艺术。

艺术不能"舒服"

真正的艺术为什么不能让人舒服呢？如我之前所说，杰出的艺术作品必有飞跃性的创造，它超越时代常识孕育出独具一格的东西，必然会使看到的人产生某种紧张感。

为什么这么说呢？因为观看者无法仅凭自己现有的素养，也就是和画有关的现有知识去理解、判断。遇到这种情况，人甚至会产生受到威胁的焦虑感。

人们看到富士山的画，或是漂亮的裸体画和静物画的时候，能完全沉浸在画作的世界中。因为我们早就"看惯了"这样的画，不用付出任何努力，自然会身心放松。但是具有创造性的艺术绝不会让人产生这样的安心感。

杰出的艺术家怀着坚定的意志与决心，否定现有常识，创造新的时代，这是他们舍弃、跨越过去的自己，将一切赌在令人恐惧的未知世界上所获得的成果。在鉴赏他们的作品时，我们要跟着作者一路奔驰，不能原地不动，被甩在身后时，更要奋起直追。他为什么要画这样的东西？为什么画会变成这样？我们必须用心灵和头脑，甚至调动全身感官来认真体会和思考，努力缩小与艺术家之间的差距。

同时，也要抱着和创作者相当的紧张感和超越创作者的心态与作品碰撞，否则就无法理解真正的艺术。也就是说，观赏作品的人也要怀着创造的心态去欣赏。

当你积极接触杰出的艺术作品时，必然会产生一种进入超越自己想象的世界的特殊紧张感，这种感觉并不舒服。简单说，要理解作品，就必然会产生疑惑与痛苦。

常有人带着一脸悲壮的表情欣赏杰出的画作，不要觉得他是在装样子。挠发，叹息，像在森林里遇见狮子一般死死盯着画作……这种痛苦，就来源于我上面说的紧张感。

不过，一旦抓住作品的精髓，将它化作自己的东西，你的生命就会获得强有力的飞跃，喜悦也会随之而来。不过那也是和痛苦相伴的欢愉，是一种让人连连点头、喘不过气、震撼人心、激动得瑟瑟发抖的、积极向上的充实感。所以真正的艺术不会单纯地让你觉得舒服，或是促使你发出"哎呀，真不错"之类的感慨。

艺术让人不快

充满激情的艺术会不由分说地迫近我们，刺激我们，不管我们能不能看懂。这样的作品必然让人不快。

比如，毕加索有许多作品不会让人感到愉悦，反而会让看到它们的人产生某种不快的感觉。所以毕加索才是当代杰出的前卫艺术家。

几年前，我去了一趟巴黎，正巧碰上立体派的回顾展。作为打响二十世纪初新绘画第一枪的艺术运动，立体派在很长一段时间里受尽了辱骂。人们说它乱七八糟，说它根本不是画，还说它是"疯狂"的代名词。但是在半个世纪后的今天，它成了世界绘画史上的经典，赢得了整个社会的尊重。展会上人头攒动，场面热闹极了。

会场还展出了毕加索的一大杰作——创作于一九〇七年的《亚威农少女》（图6）。年轻的毕加索无视当时巴黎优美而敏感的绘画风格，大胆采用了诡异的黑人原始艺术手法。这幅作品也成了立体派迈出的第一步。画面左右两边呈现出不均衡的错位，色块的形态与颜色也释放出刺耳的不和谐音。《亚威农少女》以超强的气场，震撼了展会。这幅画是从纽约现代艺术博物馆运来的，我当时也是第一次欣赏到原画。它让我全身酥麻，震撼深入骨髓，

（图6）毕加索《亚威农少女》1907 年

图片来源：视觉中国

甚至到了不快的地步。论伟大，论激烈，它恐怕能和毕加索的最高杰作《格尔尼卡》相提并论，堪称二十世纪上半叶的绘画巅峰之一。

"不快"这词不是我随口乱说。毕加索刚画完这幅画的时候，连他的朋友乔治·布拉克①都惊呼："天哪，你动笔之前是不是喝了一升汽油？"不论布拉克是否说过这话，这个比喻是非常到位的。这样一幅令人不快的作品就是凭借着它的独特，力压其他杰作。

为了帮助大家理解"不快"的意思，我再举一个例子。那趟欧洲旅行结束后，我顺道去了开罗，参观了当地的博物馆。公元前十四世纪的埃及法老图坦卡蒙的金棺被安置在无数神秘的古代石像之中，分外夺目。

金棺长期安放在漆黑的金字塔里，数千年的岁月也没能改变它的模样，它像昨天刚完工的一样金光闪闪，上面还饰有五彩的纹样。那激烈而骇人的美，惊得人直往后退。为了隔绝室外的高温，博物馆的墙壁打造得非常厚，站在这样的博物馆中，凝视着这样的棺材，让人毛骨悚然，无论如何也不能愉快地欣赏它，或是发出"好漂亮"之类的感叹。

当天晚上，有个报社记者来采访，问我对开罗的印象，是否

---

① Georges Braque，1882－1963，法国画家、雕塑家，与毕加索共同发起立体派绘画运动。

去了博物馆。我告诉他:"埃及艺术放在全世界都是数一数二的,因为它足够'令人不快'。"记者无比惊讶。

于是我向他阐述了我的艺术理论,又补充道:"在几十年前,凡高的作品也有一种令人不快的激情,但是现在回过头来看,就会发现不快消失了,取而代之的是无限的温馨和优美。勃鲁盖尔①的作品也是这样。埃及艺术有四千多年的历史,到今天它们也能让我们毛骨悚然,这就是埃及艺术无可比拟的伟大之处。"听到这里,记者恍然大悟,显得分外激动。告辞前他说:"我还是头一次听到有人这么盛赞埃及艺术!"然后,我就在次日的早报上看到了一行大字——"日本前卫画家冈本就埃及艺术发表新见解",还配了一篇富有戏剧性的报道。

凡高是个典型的例子。他的一生有多么悲惨,想必各位读者都有耳闻。虽然现在成了举世公认的天才,可他在世的时候完全得不到大众认可,一幅画都卖不出去,周围的人也不理解他,在绝望的煎熬中,他选择了自杀。即便是在对艺术作品最宽容的法国,他也不被接受和认可。原因是在当时的人看来,凡高的画让人不快。鲜活的色彩令人作呕,扭曲的形状与粗暴的笔触也不堪入目——人们觉得他的画一点儿都不美,而且抱有这种质疑的不仅仅是普

---

① Pieter Bruegel,约 1525 – 1569,荷兰画家。一生以农村生活为艺术创作题材,喜爱夸张的艺术造型。

通民众，极具革命精神、同样遭受着社会抵触的印象派也没真正认识到凡高的价值。据说塞尚都对凡高不屑一顾，甚至评价他的画是"疯子的画"。

我第一次接触到凡高的作品是小学入学前。我父母都是艺术家，因此一看到新的法国进口的画册，就会买上一本摆在书架上，或是把书页里画的彩色复印件装进画框。凡高的作品着实把年幼的我吓到了。特别是那疯狂涌出的色彩，树木像火焰般摇曳，不祥的天空中布满旋涡，还挂着两个太阳。也许是受他的影响，我现在倒是觉得，比起笔直朝天的树，歪歪扭扭的树反而更有"画"的感觉。可是在当时，那样的树让我惊骇至极。直到现在，依然有人不喜欢毕加索画的侧脸上有两只眼睛的人像，说看上去跟怪物一样。可凡高画的向日葵和丝柏树在当时的人眼里比毕加索的画还要诡异。

我虽然被凡高的作品深深吸引，却感觉不到丝毫快乐。到了多年之后的今天，我已经不觉得凡高让人不快，只看到优美与舒服，甚至还感觉到温馨。这是因为时代终于向凡高的方向迈出了一步。

受人爱戴的凡高已经不再向我们提问了。他凄惨的人生至今打动着我们，仍能勾起艺术家的共鸣，但他的作品已经不再是当下的问题了。只有那些能对现在的我们产生强力刺激的作品，才会让人不快，也正因为如此，我们才会被强烈吸引，同时产生抵触或厌恶的情绪。然而，这样的裂缝一旦在时代发展的过程中被填平，曾经令人不快的东西就会变得温馨美好起来。只有真正属于当下的艺术，才有令人不快的属性。我在本节最开始说的"艺术必然让人不快"，其实就是这个意思。

大家可能会问："就没有让人觉得愉悦和温暖的艺术吗？"这样的艺术也是存在的，好比凡高的作品，如今虽已让人愉悦，但并不意味着它就不是艺术了。这个说法反过来却并不成立——凡高的作品之所以是艺术，并不是因为人们能愉快地欣赏它们（不可否认，"能够愉快地欣赏"使人们逐渐把凡高的作品当成艺术来看，使作品受到追捧）。凡高给过我们的痛苦和不快，对现代艺术产生的深刻影响，才是最关键的，凡高的价值就在于此。

即便是在今天，只要我们放下惯性思维，即所谓的"凡高模式"，而是深耕他的作品本身，就一定还能感觉到足以让人颤抖的"不快"。他的艺术绝不仅仅是舒服而令人愉悦的。

那世上就没有能无条件享受的艺术了吗？有，我在前一章介绍过的，与生活完全契合，不会让人感觉到任何错位与割裂的现代主义就是。对老人家而言，就像书画古董。其中有些作品也采用了非常考究、水平非常高的表现手法，最典型的例子就是马蒂斯①和布拉克的作品。我们能在他们的画作中看出受细腻的趣味

---

① Henri Matisse，1869－1954，法国著名画家，野兽派的创始人和主要代表人物。

性支配的均衡与和谐，还有平静的喜悦与幸福感，却无法感受到"活着"的力量、恐惧与本质的欢愉。换言之，那种和谐与平静不是艺术与人生的第一要义，而是放松与休闲。

还有一类作品不会让人产生上面说的这种神清气爽的感觉，却会深入我们的情绪，像麻醉剂一样麻痹我们的末梢神经，带来某种安慰与陶醉感。普通人喜闻乐见的绘画大多属于这一类，私小说①、情色小说、爱情片、流行歌曲、浪花曲②也是如此。这种东西在我们周围随处可见，好像也最受世人的欢迎。在前些天的街头讨论会上，就有人如此说道："毕加索的画我是一点儿都看不懂，也不觉得有什么好，可是浪花曲我一听就明白，一听就会感动。"这可能是发言人的真实感受，而且这么想的人应该不在少数。然而，这一类作品只会促使我们向人性的软弱面妥协，让我们安于现状，无法提升精神的高度。

①日本大正年间产生的一种独特的小说形式，作者以第一人称的手法来叙述故事。
②日本的一种说唱艺术，表演方式为一个人说唱，并以三味线来伴奏。

艺术不能"漂亮"

下面让我们看看"真正的艺术不能漂亮"这句话。

我之所以这么说，是因为漂不漂亮和艺术的本质无关。当人们感叹一幅画好漂亮的时候，他们在意的往往不是画本身的价值，而是画中的事物（详见第二章"看不懂的画作之魅力"一节），或是让人舒心的现代主义在作祟（详见第三章"前卫与现代主义"一节）。"漂亮"，指的是单纯的形式美，比如女人的脸长得漂亮，或是衣服的图案很漂亮，多看两三次也许就不觉得了。仅仅是"漂亮"的东西一定会被人习惯，被人看腻。

这是因为，漂亮并不是能感动心灵的东西，而是根据时代的典型与惯例确定的"模式"。如果最近流行起了"好莱坞型美女"，那么日本的很多女孩子也会打扮成那样。在我们现代人看来，塌鼻子、扁平脸是很不好看的，可要是这样一个姑娘生在奈良时代，那就是大美女了。所谓漂亮的服饰，也不是衣服本身的样式或颜色很美，只是它刚好符合当时漂亮衣服的模式，人们才觉得它好看。也就是说，"漂亮"不是本质，只是附带性的模式而已。

不过请大家注意，我用的是"漂亮"这个词，而不是经常和它混为一谈的"美"。因为这两者存在本质上的差别，有时甚至会被赋予完全相反的含义。"美"也可以用在让人不快，或是粗野的事物上。丑陋的东西，也有所谓的"丑陋美"。怪异的东西，可怕的东西，令人不快、不舒服的东西……都有让人毛骨悚然的"美"。从严格意义上讲，"美"蕴含着"漂亮""粗俗"等分类中不需要的、更深刻的含义。所以我才会将"美"和"漂亮"完全区分开，并在此前提下使用"漂亮"这个词。

不知道大家有没有过这样的经历——见到美女，我们往往会觉得她好漂亮，随之便抛之脑后。相反一些明明不符合"美女"定义，却能对你产生极大吸引力的人，会使你在接触的过程中感觉到她由内而外散发出的美。最后反而会觉得她漂亮。这样的人才是真的"美"。反倒是某些只是外表漂亮的美女，越是交往，就越是觉得她们没什么过人之处，所谓的魅力也会大打折扣，久而久之，也许都觉得她们不再漂亮了。这就是"美"和"漂亮"的本质区别。

凡高的作品是美的，但它们不够漂亮。毕加索的作品也是美的，但同样不能说是漂亮。

艺术不能"精巧"

再看艺术为什么不能精巧。其实这是下一章要重点讨论的问题，因此我在这里只作简单说明。

过去的民间传说里常有这样的桥段：名家画的老虎太过栩栩如生，一到晚上就会从画里跑出来危害人畜。于是人们在老虎身上补画一张网，把它困住。打那以后，老虎就老实了。

前些天，我在京都看到了圆山应举①画的鲤鱼。那幅鲤鱼图也有类似的传说，鲤鱼身上也的确有一张画得很精细的渔网。当时，人们传说画中的鲤鱼每天晚上都会游到院子的池塘里，圆山怕它逃走才加了网。这条鲤鱼放到今天看也没像到以假乱真的地

---

① 1733－1795，日本江户中期画家，圆山派创始人。注重写实，笔法细致，讲究明暗效果。以山水、花鸟、人物见长。

步，但那时候的人只见过形式化的日本画，像应举这种受西洋画影响的写实风格到了大家眼里就特别逼真了。要是拿动物的彩色照片给当时的人看，他们可能会更吃惊、更震撼吧。

不过画在鲤鱼身上的那张网的确特别精美，与鲤鱼本身显得十分协调，这也许是画家的小幽默吧。无奈故事一旦传开，就不再是玩笑了，反而被扭曲成了艺术层面的问题。我还记得小时候学校的老师总是一本正经地在课上把类似的奇闻逸事当教材讲给我们听，虽然有趣，但作为孩子的我还是觉得有些故事很荒唐。

"画得跟活的一样""画得像真的一样"，其实跟艺术的本质没有任何关系。

去古今名作云集的卢浮宫看看，就能立刻意识到这个严肃的事实。无论聚焦哪个时代，真正杰出的作品都不是能用"精巧"来概括的。反倒是那些在技术层面不是很巧妙、有破绽的作品，更能直接、纯粹地打动人心。到头来，美术史上的经典名作都属此类。

卢浮宫有无数精巧而完美的作品，却无法给我们留下深刻的印象，查一查会发现有些画家的名字甚至都没有听说过。也许在当时，他们都是了不起的"大师"，可是时代一过就被人们忘记，也被美术史遗忘了。那些怀才不遇的真正的艺术家却能超越时代，逐渐获得关注，为美术史注入新鲜的活力。

也就是说，画并不是越精巧越好，可偏偏有人以为作画的技巧才是绘画的价值与艺术的本质。

总而言之，一幅作品完全不符合评价画作的固有标准——舒服、漂亮、精巧——却能强烈地吸引、震撼观看者，这就是艺术真正的惊人之处与可怕之处。

艺术的力量是"无条件"的，今后的艺术也须有这样的自觉。

第5章

画是所有人都要创造的东西

绘画不仅所有人都能鉴赏，而且所有人都应该去创作。谁都能画，谁都应该享受绘画带来的乐趣。这是我的一贯主张。

　　也许有人会说，绘画是画家的事，外行只要欣赏就行了。就算画，也是出于兴趣画着玩，聊以自慰罢了。与其画出来丢人现眼，还不如不画。这的确是很多人的想法。

　　"画不仅仅是用来欣赏的，每个人都可以去创作，不，是每个人都必须去创作"——听到这话，大家也许会非常意外和惊讶。

　　然而，"欣赏"这件事本就离不开你自身的创作，欣赏与创作本就是不可分割的。让我们先从这一点说起。

"欣赏"也是一种"创作"

艺术既是单数，也是复数

有些人会欣赏、品味画作，但没时间去创作，或是没有创作的积极性。即便你也是这样，也请耐心地往下看。

创造与品味，即艺术的创造与鉴赏不一定是完全割裂的。假设你看到某位画家过去创作的一幅画，画面的形状和色彩可能看起来跟你没有任何关系，然而，你之所以去看这幅画，就是对它有某种兴趣。这种兴趣可以是喜悦，或是与之相反的厌恶，又或是其他类型的感动。

看画时，你会像照相机的镜头那样，原原本本地捕捉画中的形状与色彩吗？你以为看到的是画布，是你视线所及的所有东西，可你心中凝视着的其实是你想看到的东西不是吗？

那就是你用想象力创造的画面。十个人去看同一张画，投射到心中的画面肯定是各不相同的。每个人受感动的程度不一样，对画的评价也不一样。就算这十个人都"喜欢"这幅画，喜欢的方式也是各不相同的。

可见鉴赏是多么多种多样，当这种多样深入一个人的生活时，又会创造出多么独特的形态。有多少个人去欣赏，就会产生多少幅不同的作品。每个人在心中描绘出的作品都是不一样的，这些"作品"又会在精神力量的作用下不断变幻，不断再创造。

既是单数，又是无限的复数。艺术的生命就在于此。无论作品本身是什么样，只要你觉得它好，那它就是好的。反之，作品本身再好，只要你精神上觉得它无趣，那它在你眼中就只会是无趣的——作品本身明明没有任何变化。

我在上一章也提到过，凡高去世前一直没有得到社会的认可，普通民众自不必说，连塞尚这种同时代的天才，都无法接受他的画，称其像"腐烂的东西"。在那个时代，凡高的画的确是"不美"的，可是在今天，人人都觉得它们是绚烂的杰作，作品本身没有变样，画布上的色彩还会随着时间的流逝变得暗淡无光，可它确实被认定更"美"了，这一点无可争议。凡高不是特例，是欣赏作品的人让作品的价值有了彻底颠覆。

从这个角度看，一幅作品是杰作还是拙作，并不是由创作者本人决定，而是由品味作品的人定夺的。那么，鉴赏（也就是品味）

就应该等同于创造价值的行为。无论作品本身是由谁创作，观看者都能通过"品味"这一行为参与到创作之中。因此，我们无须亲自拿起画笔，涂抹颜料，揉捏黏土或是在稿纸上奋笔疾书，也能切身体会到创作的喜悦。

创造你自己

我想说的并不是让大家努力培养兴趣、被动地成为艺术爱好者，而是更积极、自信地去体会创作带来的感动。作品不过是"结果"，所以我们没必要认为没有留下作品，就相当于没有创作过。把创作放进绘画、音乐这样的框架里思考，认为我要创作诗歌、音乐、舞蹈也是大错特错，这是被狭隘的艺术的功能性牵着鼻子走的老思路。用这样的框架限制自己，反而会让创作变得更难。

事实上，画画也是另一种形式的音乐创作。听音乐时，你是在心中挥洒想象的画笔（虽然手上没有握笔）。换言之，这种绝对的创作意愿与感动，才是关键所在。

如何在生活中展示自己活着的意义、蓬勃的生命力与能量？不一定要用固定的形状、颜色与声音加以表现，只要创作行为已经在心中完成，只要创作的喜悦让生命熠熠生辉了，就很美好。

因此接触别人创作的作品，让自己的精神无限拓展，染上丰富的色彩，便是伟大的创作行为。

总之，创作就是塑造自己的人格，确立自己的精神。我们在不断创作自己，只要让身心与杰出的作品激烈碰撞，就能获得真正的感动，从那一瞬间起，你眼中世界的颜色与形状都会与之前截然不同。生活会变成人生的意义，展现出你从未见过，也从未了解过的面貌。在那一刻，你就是在创作自我了。

从看到画

我们可以更进一步。

创作应该不仅仅是自己一个人的问题。若能将自己的感动释放、表现出来，就能为他人带去感动和激情。到时候，你身边的世界定会围绕着这一行为，绽放出新的色彩。

我们会被画作感动，赞叹"这画真棒"。然而，仅仅是被动地鉴赏有时无法满足生活中的所有需求，于是你会产生想自己动手试试看的念头，这符合人性的自我表现欲与创作欲。但大多数人都会停留在"要是能画出来就好了"的阶段。如果就此止步不前，就无法获得真正的充实。

明明想创作，却迟迟没有动笔。这必然会导致某种倦怠的情绪，无论我们察觉与否，这样的情绪累积越多，生活就越来越消极与空虚，而我们往往很难意识到这种空虚的存在。

你在展会或剧场这种鉴赏艺术的地方感到过某种分外严肃或凝重的气氛吗？鉴赏者与被鉴赏者之间的疏离——就是这种疏离，让我们产生了空虚的情绪。

如果你产生了"要是我也能画出来就好了"的念头，就应该提笔去画，不，是必须去画。

画原本不是给人看的

沉睡在仓库中的名画

一听到"画是每个人都应该创作的",大家都会觉得莫名其妙,却没人会对"画是给人看的"这句话产生丝毫的怀疑。但是在不久前,画都不是像今天这样人人都能看的东西。我没在开玩笑,也不是诡辩,这是艺术史上的一大争议,请听我细说。

为什么画一度不是给人看的呢?因为绘画艺术在过去只有特权阶级才能欣赏。

举一个简单的例子。落语①中常会出现这样的桥段:阿熊和阿八去住在胡同的老人家里做客。②老人家讲了一堆书画知识,他们听得云里雾里。住破烂长屋的老人拥有的书画也许是俗物,可

①日本传统曲艺形式之一,与中国的单口相声相似。
②阿熊和阿八即熊五郎和八五郎,是落语中的经典角色,代表平民阶级。

即便是这样的俗物，也是阿熊和阿八这些封建时代的老百姓一辈子都接触不到的。

杰出的画作更是难得一见，只有大户人家、贵族家和寺院这样的地方才有。能把这样的作品挂在客厅里展示，或是有资格欣赏它们的，仅限于极少数有身份的人。对普通老百姓来说，只有在大宅里做用人时才能在打扫卫生时瞥上一眼，根本谈不上"鉴赏"。他们没有鉴赏的财力、时间和权利。农民和壮工与绘画艺术基本没有任何交集。

其实现在也是如此。去跟田里干活的老爷子聊法隆寺的壁画、源氏物语绘卷、探幽①和光琳②，他们怕是压根就没听说过，觉得"这些玩意儿跟我有什么关系！"更别说谈论了。因为人们一贯认为农民和穷人跟书画之道，也就是艺术是八竿子打不着的。

（江户时代，町人③阶级崛起，创造了他们特有的艺术形式，"浮世绘"就是其中之一。但是在当时，浮世绘并没有被当作艺术品来对待。浮世绘能在今天变得伟大，成为日本艺术的代名词，都是因为欧洲人在十九世纪后期发现了它高超的艺术性。换言之，浮世绘之所以能成为日本人眼中的艺术品，都是"出口返销"的结果。浮世绘刚诞生的时候，和节庆活动的招牌、太阳伞上的图

①狩野探幽，1602－1674，日本画家，狩野派代表人物。
②尾形光琳，1658－1716，日本画家、琳派装饰美术家。
③日本封建时代住在城市里的商人、工匠等人。

案一样，虽然受人喜爱，却是给妇孺玩赏的玩意儿，在人们心目中没有多大艺术价值。）

绘画作为特权阶级的专有物，穷人看不到，富人也不愿意将其拿出来展示。

珍藏的宝物，就是以"不展示"为方针的。如果是"绝世珍品"，就更不能随随便便给人看了，只有贵客来访的时候才能展示。而且展示的物品，要视客人的身份而定。如果是特别尊贵的皇族公卿，或是"××守"这样的大名①，那就得把家中最名贵的艺术品"请"出来，因为这些人大驾光临是件很荣耀的事。再对客人说上一句："此物平时绝不示人，只有天皇陛下和太阁②殿下光临寒舍时拿出来过。您是第三个见到的人。"那就是无可挑剔的款待了。这种时候，对欣赏作品的人来说，作品本身的好坏并不重要，被重视的感觉，以及由此带来的好心情才是最重要的。换言之，画作并不是给喜欢画或是懂画的人看的，它们的作用，是来满足达官贵人的自尊心。

所以在没有贵人造访的时候，这些画作只能待在不见天日的地方。下人甚至不知道雇主家里有什么画作，身份卑微的人要是一不小心看到了名贵的艺术品会担心自己遭天谴，甚至双眼失明。

---

①日本封建时代统一管辖领地的独立领主。
②日本仅次于君主的地位最高的大臣。

这就是"画不是给人看的"的意思。不随便拿出来展示，人们也不会主动去看。

越展示就越没价值

到了现代，画基本上成了人人都有机会欣赏的东西，展会和博物馆可说是琳琅满目。与其他娱乐方式相比，欣赏艺术作品算不上奢侈，反而是一种朴素的休闲方式。画是用来看的——这个常识已然深入人心，不会受到任何质疑，可这种现象是日本摆脱封建制度之后才出现的。明治中期，政府学习西方办起了博览会与展览会，进来就能自由欣赏天下名作成了他们的宗旨。

这项宗旨产生的积极作用是西方文化对日本带来的诸多影响中较大的，几乎与电、火车与汽车等新技术带来的变化不相上下。

然而，日本的古典艺术、名画与名器等都诞生于带有封建色彩的不示人的世界，到今天这种风气依然存在，所以它们还是所谓的书画古董，以"不展示"为原则，也是它们的保身之策。我之前虽然说"画成了人人都能欣赏的东西"，却特意加了"基本上"一词，就是出于这方面的考虑。

诚然，画在观念层面已经变成了人人都能看的东西，可是不随意展示、不主动去看这样的习惯依然根深蒂固。还有人觉得，艺术作品的价值每展示一次就少一分。这样的例子在我们身边并不少见。

这些都是事实。日本艺术中的名品杰作是大和民族的骄傲，可我们近距离接触它们的机会实在很少。普通人没见过也许是理所当然，可连美术史专家都觉得珍品很难有机会见到，遗憾得捶胸顿足。仔细想想，这是一个荒唐到令人惊愕的现象。日本高举"美术大国"的旗帜，积极对外宣传，还在外国开办各种古典艺术展。这当然是好事，可日本人自己都接触不到实物就很成问题了。以没亲眼见过的传统艺术为荣，这不是很滑稽吗？

达·芬奇举世闻名的杰作《蒙娜丽莎》素有顶级艺术品的美誉，但它就挂在巴黎的卢浮宫。这幅画失窃过一次，闹得沸沸扬扬。此事还被改编成了电影《失窃的蒙娜丽莎》。为什么失窃，就因为它被挂在人人都能去看甚至窃走的地方。

卢浮宫每天都要接待来自全世界的游客，它的门票非常便宜，周日还可以免费入场①。无论是小朋友、穷学生还是普通劳动者，都能毫无顾虑地入场参观，就像对待自己的私藏一样，尽情欣赏这幅全世界最出名的画，以及其他一流名作。

可日本呢？我想和大家分享一段自己的亲身经历。

---

① 现在的门票是 15 欧元，每周五 18 点后可免费参观常设展览。

我在法国和抽象主义同仁投身于新艺术运动的时候，在巴黎街头的书店看到了光琳画作的复制品。我被它强烈地吸引了。除了优美，它在强劲和犀利方面也丝毫不逊色于西欧的古典作品。我心想：这才是日本引以为傲的杰作啊！等回到日本，一定要把光琳的作品看个痛快！

回国后，我立刻寻找欣赏光琳的机会，却迟迟不能如愿。他的代表作《燕子花图》和《红白梅流水图》屏风画的照片和复制品到处都是，可要看一眼实物，简直比登天还难。

二战爆发前，我在机缘巧合下受《燕子花图》的所有人根津嘉一郎①的邀请，在他家亲眼看到了这幅杰作。但这属于天上掉下来的机会，像我之前所说，美术史专家还是见不到许多珍品。

不过二战结束后，许多名品被拿出来在博物馆里展示，偶尔甚至还会在百货商场的展览会上露个面。这都是时代的恩惠。光琳的代表作也在博物馆展出过一两次。

有一次，上野的表庆馆②举办了"马蒂斯展"。

为了不被西方的现代艺术比下去，博物馆就搞了一场琳派的大型展览。听说《燕子花图》和《红白梅流水图》屏风画都会展出，我兴高采烈跑去看，却没找到。问了工作人员才知道，这两件作

---

① 1860－1940，日本实业家、政治家，致力于学术文化事业的发展。他去世后，后人以他的藏品为基础，创办了根津美术馆。
②东京国立博物馆的分馆之一，是日本第一座展示美术作品的常设展馆。

品不是全程展出，只有其中的十来天才能看到。我去的时候，宝贝已经被收进库房了，真是大失所望。

我的类似经历还有很多。无论如何，杰出的古典艺术都应该是我们灵魂的血肉，可我们只有在非常走运的时候才有机会接触到它们，普通人很难一见。对日本人来说这绝非幸事。正因为我们在没有接触过实物的状态下，仅用文字语言来探讨思考，文化意识才会徘徊不前。

还有更荒唐的事。陶瓷器（比如茶杯）的创作是日本古典艺术的重要领域之一。享誉天下的名器一般不会出现在公众的视野中，要像秘藏的佛像一样收在仓库里。为什么呢？博物馆的工作人员告诉我，因为茶杯一旦展出，就得雪藏整整三年，不能在茶会上使用。

在茶道文化中，客人是精挑细选的（要非常懂行才行），主人还要特意为此挑选挂在茶室的卷轴、用来装饰的鲜花和茶具，菜谱也要精心斟酌。相当于告诉客人：“这些都是为各位特意准备的。”是无上的款待。客人也要领会主人的用心，做恰当的答谢。这被认为是客人理应具备的修养和素质。因此茶会当天使用的茶杯是否出自名家之手，就显得尤为关键。

要是把那么精致宝贵的珍品拿去博物馆之类的地方展览，小学生、蔬果店的大爷都能随意欣赏，那它的宝贵程度和价值必然大打折扣。也就是说，被展示过的名品就不能拿来款待客人了。这就是他们的考虑，但在我看来，这反而不符合茶道的精神，是种违背堕落。

值得一提的是，就算在博物馆的再三恳求下，茶杯的主人同意展出，他们往往也会开出一个条件：不能展示茶杯的底部。普通人肯定无法理解这个要求从何而来，听完我的解释，可能会觉得很不可思议。据说陶瓷器最重要的部分就是底部，判定它有没有价值，是什么来历时，看的也是底部。跟人的肚脐眼一样，要是随随便便给外人看了，那就是糟蹋了杰作。越是应该尽可能给更多人欣赏的杰出作品，就越是想方设法不给人看个痛快——这就是传统的书画古董的现有状态。

再杰出的艺术作品，不拿出来给人欣赏，那还有什么价值可言？换言之，艺术的重点不再是它的价值本身，而变成了权力和与之相伴的社交价值。

二战前，奈良的正仓院、京都的桂离宫与修学院离宫等日本古典艺术遗产都是不向普通人开放的。只有官职高于从五位，校官以上的军人，或是有一定社会地位和功勋的人才能入内参观。听说参观时还要穿礼服。那个时代的头衔可以用钱买，大家不妨想一想，那些靠投机、特权或高利贷暴富的俗人与高级官员即使穿上正装礼服或晨间礼服，又能懂哪门子艺术鉴赏呢？即便一个人没有傲人的头衔，只要他真的想看，就应该有看的资格。"欣赏"不才是问题的关键吗？然而在这样的文化环境中，许多人将如此严重的问题仅归结于"习惯"，并不觉得有什么不对。万幸的是，二战结束后，参观者的身份限制已经在很大程度上放宽了，可即便是这样，参观前还是需要办理各种繁杂的手续，简直足够浇灭普通人对古典艺术的幻想与憧憬。

不入流的画家们

从贵族的专利到市民的艺术

通过上面的介绍，大家应该明白画作是如何从难得一见的特权阶级专利，变得人人都能观赏了。为了让大家理解下一个阶段，也就是每个人都要也必须创作画作，我还得进行一番漫长的解说。

如前所说，画之所以变得人人都有机会欣赏，是受了西方人的影响。其实，在西方封建时代，精品画作也只属于王侯贵族。这种现象和东西方这样的地域因素没有关系，也不是民族性所致，而是社会制度的产物。当时的优秀艺术家几乎都是国王与贵族的私人画师，在金主的庇护下生活，平时画画金主的肖像，挂在宫廷里当装饰。

到了十八世纪后半叶，西方社会经历了资产阶级（市民）革命与工业革命，进入了民主时代。在此过程中，艺术界逐渐对普通民众敞开了大门。展览会的前身，其实就是波旁王朝的国王为了向贵族展示艺术品在宫廷的沙龙（大厅）举办的鉴赏会，只是展览会是向普通市民开放的。所以在法国，人们至今将展览会称为"沙龙"。

与历史相关的内容我会在第六章中做详细介绍。在此要提的是，贵族被打倒，艺术变成普通人的所有物之后，艺术的题材并没有立刻市民化。专为市民创造，独具一格的绘画作品在法国大革命之后的几十年才宣告诞生。长久以来，市民阶级怀揣着对自己推翻的贵族文化的向往，尤其在艺术方面，对贵族的模仿持续了近一个世纪。社会学与唯物史观的观点——"社会意识形态决定艺术形式"虽没有错，但时代在历史层面的进步，与社会条件和能适应条件的艺术这三者间不一定同步。

我在之前的章节中提到，文化层面的进步总是迟于现实生活层面。遗憾的是，这一点在西方艺术的发展历程中也体现得尤其明显。

到了十九世纪末，纯粹的市民艺术——印象派终于诞生。在这样的氛围下，不走寻常路的塞尚为二十世纪的艺术开创了一片新天地。这是我要重点分析的内容。

不入流的画家塞尚

塞尚是如今人们心目中的"现代绘画之父"，美术史上的最高峰之一。然而，这是二十世纪后才有的现象，他在十九世纪度过大半生（他生于一八三九年，死于一九〇六年，享年六十七岁），当时却完全没有受到社会的重视。

如此伟大的艺术家没有得到人们的认可，这就是问题所在。我在前文中已经从若干个角度进行了分析，还有一个显而易见的原因——在当时的人们看来，他是个不入流的画家。

塞尚是个不入流的画家？大家肯定不能认同。每次我在讲座上提起这个，在场的观众都会爆发出一阵哄笑，没人当真。就连那些只听说过塞尚的名字，从没正经欣赏过他作品的人都会嗤之以鼻。殊不知，在数十年前，塞尚还是个没有一点儿前途的不入流的画家。

塞尚二十二岁时告别故乡（位于南法普罗旺斯的小镇艾克斯），远赴巴黎，一心想去美术学校上学，却始终无法通过入学考试。想把作品送去官方沙龙展出，也总是被拒之门外，直到一八八二年才如愿以偿得到展出机会。

而且他并不是通过正常渠道入选的——当时展览会有一个由评审员推荐的"外卡"名额，在好友基约曼[1]的推荐下，塞尚未

---

① Armand Guillaumin，1841－1927，法国画家，印象派大师。

经审查就幸运入选了。谁知到了第二年，这项制度被取消（可能是有人觉得把塞尚的画作推荐上来太不像话），塞尚再也没有在展览会上展出过作品。

这些事实都能证明塞尚曾是人们眼中不入流的画家。直到二十世纪初（塞尚去世前后），他才逐渐成为人们眼中的"大师"与"天才"。当然，也有极少数走在时代前面的人在塞尚生前就大力支持他，希望世人接受他的艺术，好比加歇医生和画商沃拉尔等人。可是仔细想想，再不入流的画家都会有五六个跟在他屁股后面捧场的人吧。

所以有极少数支持者并不能证明他受到了认可。我们甚至可以从更刁钻的角度想，要不是后人认识到塞尚是个非常伟大的艺术家，那么他的支持者也就没法成为慧眼识才的伯乐了。

和塞尚一起长大的挚友——大文豪左拉虽然敏锐地察觉到了他的艺术才华，却不看好他的作画技术，留下了这样的评语："你是个诗人，也的确有艺术天分，只要再提高技术就行了。"左拉的小说《作品》讲的就是一个年轻艺术家的悲剧。这个艺术家总是画些奇奇怪怪的画，生活中的一切都辜负了他，让他不再对自己的才能抱有希望。最终，他在尚未完工的画前上吊自杀了。这位主人公的原型，就是年轻时的塞尚。据说左拉发表这部作品之后，便和原本形影不离的好友塞尚分道扬镳，甚至发展到了绝交的地步（不过塞尚后来辩解说两人绝交跟这部小说没有关系）。渐渐地，左拉开始用"Raté（废物、饭桶）"来称呼塞尚了。

左拉应该是最理解塞尚的人，可是连他都觉得塞尚画技拙劣，普通大众就更不用说了。在他们心目中，与其说塞尚是一窍不通的门外汉，不如说他是"疯子"。

今时今日，我只要一说"塞尚是个不入流的画家"，日本的知识分子定会奋起反击："冈本太郎又口出狂言了！"可他们要是在六十年前的法国用同样的热情夸奖塞尚（当然，他们要是真的生活在那个时代可能就不会这样夸），定会跟塞尚一样，被当成疯子。

塞尚的晚年是在故乡艾克斯度过的。即便到了今天，还是有很多艾克斯人不承认塞尚的价值，认为那个怪老头的画是被画商捧出来的，把他视作时代的丑角。

其实用世俗的眼光看，塞尚的画技的确算不上高超。

我这话是有依据的。

加歇医生因支持凡高与塞尚闻名，我曾在他的故居见过塞尚第一次去巴黎在画院学画时的素描。

稍有作画经验的人都应该知道，画一个站着的人是很容易的。

但若想画一个手往前平举的人的正面像，就很难把握伸出来的拳头和肩膀之间的位置关系了。拳头也许会和肩膀重叠，变成同心圆，要么就像是肩膀上开了一个洞。反正就是很难画，初学者和画技不熟练的人一般都没法处理好。而塞尚画的素描，显然属于这种情况。他从正面画了一个坐着的裸女，本该画在最前面的膝盖居然陷进了下腹部，显得画面特别不协调（与我同行的日本画家一看到这幅素描就感叹道："不愧是塞尚，画得真好啊！"让我无言以对）。与塞尚同时代的其他画家，好比雷诺阿[①]和德加[②]的画技就要高明多了。从传统作画技术的角度看，塞尚实在不算有才能。

有人可能会辩解说，塞尚是故意画成这样的。但当时塞尚无比崇拜的画家是恶俗的官方沙龙大师阿里·谢尔，这就很让人惊讶了。

不过，这样一个不入流的画家是如何创造出那些杰出的艺术作品的呢？

我想在本节重点探讨的问题就在于此。对现代艺术来说，老套的技术与古典的规则已经不再必要了，正因为如此，人们眼中的不会出名的不入流画家才能成为耀眼的现代艺术创造者。这不仅仅是艺术形式的问题，还包含着重大的历史意义与社会意义。如果塞尚早生一个世纪会怎么样呢？虽然是假设不是历史事实，可在此假设下探讨，塞尚和孕育出塞尚的"现代"的意义就会浮

[①] Pierre Auguste Renoir, 1841－1919，法国画家，印象派运动的领导人之一，也是最受欢迎的印象派画家之一。
[②] Edgar Degas, 1834－1917，法国画家，印象派重要代表人物。

出水面了。如果塞尚出生在一百年前的封建时代会如何？十八世纪也是贵族时代，杰出的艺术家都会被宫廷与贵族豢养起来。华托①、弗拉戈纳尔②、布歇③、夏尔丹④、格勒兹⑤……那是个华丽绚烂、高超画技画家的全盛时代。他们的作品大多是俊男靓女的贵族肖像，画面中铺满了天鹅绒，散落的宝石闪闪发光，蕾丝形成了精细的褶皱，仿佛连衣物摩擦的响声都能听见。

在这样的情况下，塞尚又怎么可能成为王侯贵族的专属画师呢？波旁王朝的国王、绝世美女蓬巴杜夫人⑥、玛丽·安托瓦内特王后⑦……要是把这些贵族画成了歪歪扭扭的土豆脸，就算画作本身再有味道，再能带来艺术层面的感动，贵族们都绝不会容忍。这样的画作也不可能成为权势的象征，将贵族的荣耀传给后人。因此在那个时代，断然不会有人把塞尚当"画家"看待。

不仅如此，塞尚也不可能靠画画过一辈子。他考不上美术学校，作品也没能入选展览会，就算想画一辈子，周围的人也不会允许。因为生活在封建社会，等待着他的必然是"别干这些傻事了，

① Jean Antoine Watteau，1684－1721，法国洛可可时期的代表性画家。

② Jean Honore Fragonard，1732－1806，法国洛可可风格画家。

③ Francois Boucher，1703－1770，法国画家、版画家和设计师，是一位将洛可可风格发挥到极致的画家。

④ Jean Baptiste Siméon Chardin，1699－1779，法国静物画大师。

⑤ Jean Baptiste Greuze，1725－1805，法国肖像画大师。

⑥ 1721－1764，法国国王路易十五的著名情妇，社交名媛。

⑦ 1755－1793，法国国王路易十六的妻子，在法国大革命中被送上断头台。

回家里帮忙吧！"实际上，塞尚出生的时候，十九世纪已经过半，资本主义的发展水平很高，"个人的尊严"已经在市民道德体系中确立了稳固的地位。也就是说，正因为塞尚生活在一个没有了封建制度制约的时代，他才能享受到"想干什么就应该去干，他人无权干涉"的待遇。随便一提，塞尚的父亲是个银行家，这算得上是资产阶级色彩最浓重的职业了。他起初希望儿子能继承家业，很反对塞尚学画，但见塞尚特别坚持，也只得作罢，尊重儿子的意愿，随他去了。

周围的人允许塞尚走画家这条路，塞尚自己也没有产生怀疑和自卑，堂堂正正地靠此过了一生。换言之，认可个人和他人自由的市民社会的新风气在当时已经成型，而这样的风气，正是塞尚能成长为大艺术家，并创作市民艺术的绝对条件。

我们不能抱着事不关己的心态去看待欧洲社会的变迁，对比一下日本现今的状态——许多拜访过我、想成为画家的年轻人都在为这个问题发愁：老家的父亲让他们别学画了，去考个药剂师的资格继承家业，或是回家卖木材为生。其实就是让他们改行做赚得更多、说出去更有面子的正经工作。不仅对他们的理想大加反对，还威胁切断经济支持。现在的年轻人不会轻易屈服于这样的干涉，不过顶住周围人的反对，克服重重困难，终究不是一件容易的事。

外行画家凡高、高更和卢梭

除了塞尚，那个时代还孕育了凡高、高更等绝世天才，他们被统称为"后印象派"，也在美术史中建立了不可撼动的地位。画技蹩脚在他们身上体现得尤为明显，他们都是一窍不通的"门外汉"画家。我在之前的章节（第四章"艺术让人不快"）中提到过凡高。其实凡高是"半路出家"，他从事过画廊的店员、老师和传教士等工作，三十多岁还没有稳定下来，到了中年，才开始真正的"画家生活"。在生前得不到认可这方面，他比塞尚凄惨得多，最后还因此而自杀。关于他的悲剧，在此不多赘述。

当时，以马奈①、毕沙罗②、雷诺阿、莫奈③、塞尚为代表的印象派画家是被权威全盘否定的"革命分子"，他们并肩作战，一同投身于激进的艺术运动中。

印象派画家们常会带上自己的作品聚在一起，相互点评。凡高刚来巴黎时也参加过他们的集会。在他眼中，在场的各位都是光芒万丈的前辈。看着前辈们把各自的作品展示出来，热烈讨论、点评，相互称赞，凡高也把自己的作品搁在会场角落的椅子上，战战兢兢地观察大家的反应，默默等待，只盼有人能注意到，给

① Édouard Manet，1832－1883，法国画家，印象派大师。
② Camille Pissarro，1830－1903，法国画家，印象派大师。
③ Claude Monet，1840－1926，法国画家，印象派大师。

个三言两语的点评。然而，他的愿望还没有实现，集会就结束了。别说点评，甚至没人看上一眼，大家对凡高也是不理不睬。我似乎能想象出凡高垂头丧气拿着画踏上归途时的绝望、郁闷，以及内心深处的苦楚。

在当时一些有见识的市民们看来，印象派的革命分子就是"不知所云"的代名词。其实不被普通人放在眼里，艺术家是能忍受的。然而，鄙视凡高的是他分外尊敬、信赖的前辈与同侪，这就使他坠入了悲剧的深渊。

高更也是后印象派的代表人物。他原本是个事业成功的股票经纪人，却在三十五岁时突然改行当了画家。所以他也跟"门外汉"没什么区别。

还有海关官员亨利·卢梭[①]。他是所谓的"星期日画家"，完全外行。他的作品天真无邪，技巧也十幼稚气，乍一看比凡高的画还像小朋友的作品。放在十九世纪，如此稚拙的表现手法绝不会得到认可，反而会受到世人的耻笑。可是在今天，卢梭的作品是众所周知的艺术瑰宝（图7）。有些乍看之下不高明的画并不是没有价值，它们反而还能得到认可，成为人们眼中的杰出的艺术作品——这其实是二十世纪特有的现象。

直到十八世纪，画技高超还是成为画家的绝对条件。但是到

---

① Henri Rousseau，1844－1910，法国后期印象派画家。

（图 7）卢梭《诗人与他的缪斯》1909 年

了十九世纪末，画技平平的人和门外汉也能成为了不起的"天才画家"，只要他有真正的艺术天分，能带来真正的艺术感动。可惜那个时代的普通市民还没有进步到能认可这些天才的境界，这也导致了一些画家的悲剧命运。

进入二十世纪之后，人们的判断标准逐渐发生了变化。比起画技高超的画家，不入流的画家们反而成了更出色的艺术家。这正是现代艺术进步的伟大意义（可惜陈旧的价值观还没有被完全推翻。无论是法国还是日本，学术派权威依然横行）。

故意画得难看的毕加索

二十世纪的艺术家踏上塞尚开辟的道路，继承了凡高与高更的衣钵，开拓出更广阔、更无限的艺术可能性。毕加索和马蒂斯都是画技了得的画家，但只要认真看过，就会发现他们在作品中并没有炫耀自己的技术，乍看之下都和孩子的涂鸦相差无几。要是把毕加索的素描混在孩子的涂鸦作品中，一时真的分辨不出，毕加索的拥趸可能也会认错。"不愧是毕加索画的，就是好！"——我们要警惕这种说法。毕加索的作品当然是好的，它们看上去仿佛出自孩童之手，却拥有与涂鸦截然不同的艺术性。然而，"画得好才有价值"这样的说法和观点都是错误的，也十分危险。

　　尽可能画得精巧曾是画家的目标，如今，"笨拙"反而成了当代艺术家的一大追求。毕加索也曾明确表示："我正是靠着一天比一天画得难看得到了救赎。"这不光是他一个人的问题，还道明了现代艺术的本质。也就是说，"画得好"这个绘画的绝对条件与传统价值已经被完全颠覆了。这就是我在上一章中提到的"艺术的价值转换"。

不需要高明技艺的时代

生产方式与艺术形式

艺术理念并不是艺术家心血来潮造就的，如我反复强调的那样，它具有重要的历史意义与社会意义，与社会的生产方式密切相关。下面我将简明扼要地为大家梳理这其中的关联。

为什么十八世纪之前是以精巧高明的技艺为上呢？因为社会仍处于手工业时期，所有东西都要靠工匠手工制作，而杰出的作品必然出自能工巧匠之手。所有作品的"好"与"美"，都建立在非凡、熟练的技艺上，人们也非常尊敬这样的技艺。但是到了十八、十九世纪，工业革命孕育出了大规模的机械工业，原本需要能工巧匠埋头手工制作的东西，都能用机械批量生产了，质量相差无几，甚至比手工制品更精巧和标准。

例如，在日本，锻造刀剑是一项极具神秘感的技艺。在故事和电影里经常会提到匠人工作之前，要先用清水净身，换上一身白衣或其他特殊的服装，把长明灯摆在神龛上。淬火的时候，他们大概还要半闭着眼睛，摆出一副天神附体的样子（其实我也不知道他们实际会露出什么表情），"呀"地一声大喝，在一瞬间完成动作。如此锻造一把刀，天知道要耗费多少时日。

另外，要成为巧匠，离不开多年的艰苦修行。孩子十多岁的时候就会被父母带去拜师，住进师父家里，一般要熬二三十年才能出人头地。而且就算进了师门，师父也不会立刻教你。小徒弟从早到晚都得打杂，打水煮饭，砍柴擦地，给师父捶肩，伺候师父吃饭，还要受师兄的欺负……漫长的学徒生涯是用血泪写就的。等上了年纪，形同枯木，才能达到炉火纯青的境界，继而自立门户。

可是在今天，人们能借助科技的力量轻松炼出高质量的钢，即便是正宗①级别的刀剑，一天也能生产出好几万把。刚进工厂没多久的工人也能制造出这样的产品，成为"当代正宗"。他们不用忍受宗师继母般的折磨，也不用在拖地砍柴上浪费时间，只要有人教两三遍，告诉他们应该用多大的电流，机器操作多长时间，哪个开关对应哪项操作，就能完成生产了。如果需要精准控制时间，只要按一下开关，机器也会代劳。这当然是现代的恩惠，只是委屈了"正宗"们。锻造刀剑变得如此简单，自然成不了浪花曲的

①日本镰仓末期的锻造师冈崎正宗的作品。后引申为"锋利的刀剑"。

题材。

我想通过这个例子说明的是，在很长一段时间里，无论制作什么东西，靠的都是工匠的熟练度，还有源自多年经验的"诀窍"和"感觉"。所以优秀工匠的技术也是非常神秘的，可以说是"神技"。到了近代，机械工业日渐发达，工匠的制作过程也逐渐被转化成了科学、标准化的操作。高超的技艺是在积累了数年乃至数十年的资历后自然而然习得的，无可替代。但现代技术是开放透明的，智力水平正常的人都能完成操作。

所以，水平和难度再高的现代技术，也不至于神秘到"非某某做不可"或"难以言说"的地步。我前些天去参观了一座生产录音机、电视机和其他电器的工厂。见年轻的工人们正在看设计图，我凑过去看了一眼，发现图纸复杂得可怕，简直跟天书一样。这件事也让我再一次认识到，今天的劳动者已经不再是以往单纯的"体力劳动者"了，而是靠技术吃饭的脑力劳动者。他们生产的录音机和电视机的确要比低水平的艺术品复杂得多，外行人很难用一天时间就了解它们的原理和组装方式。这的确很不可思议，可没有人会因此被录音机和电视机的"神秘感"打动，连呼"真厉害！"因为这样的产品是现代科学的产物，只要遵照原理步骤，中小学生也能做出一样的东西来。

今日的新艺术也包含着技术的现代性，它也不是以高超技艺见长的"神秘产物"。

四君子与蒙德里安

在封建时代，绘画界也有拜师学艺的传统。不从小投入师门修行，就无法掌握高水平的画技。家世、派系和宗家这样的组织（中世的行业工会）也有极大的影响力，要是没有足够的耐心，是当不成艺术家和工匠的。

在江户时代，幕府和朝廷的御用画师都出自狩野家和土佐家。狩野家还包括锻冶桥家、木挽町家、中桥家、浜町家等旁系分家。也就是说，狩野家是正宗嫡系。这四个分家也各有分支，使用"狩野"名号自立门户的优秀门人也有十五个之多，包括骏河台家、御徒士町家、根岸御行松家……分家靠各宅邸所在地区划分，都是幕府直属的御用画师。全国各地都有经过多年修行，被允许以"狩野派"自称的门人。这些人也会各自收徒，或是成为大名与富豪的专属画师，人称"町狩野"。不打入这个形似大网的组织，就无法成为公认的名画师，接手能为自己带来荣耀的工作。

如大家所知，时至今日，类似的制度依然不可动摇地存在于歌舞、音乐、茶道、花道这样的艺道世界。封建色彩较强的艺道守着传统制度也就罢了，谁知看似自由独立的画坛中也有肉眼看不见的、类似宗派制度的师徒关系存在。不彻底粉碎这样的封建制度，就无法让日本画坛特有的暗影从画布上消失。

在上面介绍的宗派制度中，完全遵循师父的手法，分毫不差（比如狩野家的徒弟就要按狩野派的规矩来）是出人头地的绝对条件。偏离常轨、自由发挥会被立刻逐出师门，丢掉饭碗。被制度扼杀的天才不知道有多少，实在可惜。

在画坛，熟练也是最重要的条件。拿竹雀图来说，要达到竹子栩栩如生，麻雀仿佛要展翅飞走的境界，就要从"四君子"（梅兰竹菊，水墨画的基础）练起，反复练习好几年，甚至是几十年。西洋画也是如此。要画出裸体的肉感，或是准确把握伸出来的拳头与肩膀之间的位置关系，也需要长时间的练习。在此基础上，还得有所谓的与生俱来的绘画天分，否则也不会有出头之日。要让画面更有味道、更雅致，就必须熬过艰苦的修行，吃尽人际关系的苦头，将画技提升到极致。同样的事情做几十年，有的人就会豁然或是陷入某种虚无的情绪。这些情绪体现在画面中，就是所谓的味道和雅致。

再看看几何抽象画派的先锋人物蒙德里安①的作品，我在此不

---

① Piet Mondrian，1872－1944，荷兰画家，风格派运动幕后艺术家和非具象绘画的创始者之一。

做具体的说明。他的画风开创了二十世纪上半叶抽象画的新纪元，在今天依旧得到了极高的评价。蒙德里安原本画的是精巧的自然主义写实画，他画风的转变，源自精神层面与技术层面的诸多变化。

蒙德里安的绘画形式极为单纯，毫不复杂。灵巧的初中生通过计算，用尺画几条线，就能画出差不多的东西来。如果他的直觉比蒙德里安更敏锐，那应该能画出水平更高的作品。笔法、摩擦、晕染、颜料的涂法这些讲究资历的技巧都不重要。伦勃朗[①]、委拉斯开兹[②]（图8）这样的画家是别人模仿不来的。因为他们的画技中，包含着与生俱来的天分、毕生的努力与经年累月获得的诀窍和感觉。天资平平的人再用心，恐怕也模仿不了。通过蒙德里安这个典型的例子可知，相较于传统艺术，现代艺术离我们显然更近。

前些年去世的伊夫·克莱因[③]就是凭借其"单色画"震撼了全球画坛。这些作品的用色几乎没有浓淡之分，也没有刻意追求材质感，如用蓝色涂料粉刷的墙面一般，让很多人惊呼："这也算画？"

他比蒙德里安更纯粹简单。

他的单色主义受到了美术界的瞩目，成了巴黎画坛最有名望的画家，还操刀绘制了巨大的剧场壁画。只可惜因为病痛英年早逝。

---

① Rembrandt van Rijn，1606－1669，17世纪荷兰艺术黄金时代的艺术大师。

② Diego Velázquez，1599－1660，文艺复兴后期西班牙的伟大画家。

③ Yves Klein，1928－1962，法国艺术家，新现实主义的推动者。

（图8）委拉斯开兹《教皇英诺森十世肖像》1650 年

"毕加索算什么，我也能……"

不说"质量"，下面我们从"数量"这个角度来分析一下高超的技艺。能工巧匠不仅拥有高超的技艺，从社会学角度看，这个词还有数量稀少的含义，即经济学中的"稀有价值"。要是大家的技术都一样好，就不存在"巧匠"的概念了。

"巧不巧"是相对而言的。好比我跑完一百米要二三十秒，只比走路稍微快一点儿，跟其他人比算是慢到家了。可如果去参加蜗牛运动会，我肯定会被冠以"飞毛腿"的美名，让蜗牛们瞠目结舌。因此跑得是"快"是"慢"，跟我本人没有任何关系。无论是田径运动员还是游泳运动员，只要把他们的成绩提高一两秒，就会被捧成世界冠军。然而，纪录一旦被人打破，鲜花与掌声就会立刻离去，他们会被当成多余的人，没有立足之地。

运动员在体育界的地位，并不取决于他本人的实力，他们与周围的相对关系才是关键。娱乐界的名人与达人也是如此。没有比较，就没有高超和蹩脚之分。可要是其他人达不到你的水平，或是跟你水平相当的人非常少，那你就会成为大家心目中的"能人巧匠"。总而言之，巧匠的价值就在于"少"。

在少数人掌权的时候，这种以稀少为卖点的价值当然会被牢牢掌控在特权阶级手中，所以普通人是很难接触到的。在封建专制时代,连判断美丑的价值标准都受权力支配。特权阶级才能拥有,普通老百姓做梦也看不到,更不可能得到的好东西,当然是"美"的。

国王的金冠、用钻石装点的华服、壮丽的宫殿……都是"美"的典型。这些东西的每个部分都出自经过层层选拔的艺术家之手,每个细节都是用细致高超的技巧打造而成的,可谓绚烂夺目。

在过去,绘画形式也是越复杂越好。奢华的艺术品或是只有大师才能创作的杰作才更有价值。但是在今天,这样的观点早就过时了,人们的见解更进了一步——自己能立刻画出来的、能切身感知到其可能性的艺术,才是最理想、最美好的。

一看到不同以往的画作,就不屑地说出"这种画我也能画"的人还没有摆脱陈旧的艺术观念。正因为你我也能画,小朋友也能画,它才是属于我们的艺术。毕加索和其他现代绘画大师并不炫技,却淋漓尽致地表现出了人性的丰富多彩与美好。站在画面中央佩戴着勋章,闷得喘不过气的人;或是一堆明明不能吃,外表却分外逼真的水果……这类引起错觉的技巧无法触动现代生活中的情感。让自己跃跃欲试,而且能立刻描画的那种简单、有生活感的积极的作品,才是今日的艺术与今日的美。

每个人都能画，也必须去画

画画绝非业余特长

如前所述，艺术原本是少数人的专利，只有行家才能创作，后来演变成了谁都能画。艺术首次突破阶级与特殊技能这样的界限，普及到了民众中。

有人说，二十世纪是艺术革命的时代，这话一点儿没错。然而，无论是东方还是西方，批评家、创作者和普通鉴赏者往往只把艺术革命看成表面上的问题。正是这样的思路和观点，导致了对根本问题的误解，才会有人纠结现代画能不能让人看懂，是不是堕落的体现。这都是毫无意义，也不会有结果的讨论。

二十世纪的艺术运动的确是形式层面的大革命，以立体派为首的一波波前卫艺术运动在欧洲遍地开花，彻底颠覆了传统的绘画常识——朴素、如实地复制看到的景象。革命确立了全新的形式。

至于新形式是如何发展的，如若详细说明会牵涉到很多技术性的内容，在此就不赘述了。

可是，今日艺术革命的根本意义不仅在于表面，而且在于更广阔、更根源的社会基础，更重要的是它对今日的现实产生了什么样的影响。也就是说，革命的本质在于，艺术不再是拥有特殊技能的大师的专利，而变成了谁都能创作的，更广泛、更自由的东西。

只觉得艺术变得谁都能创作还不够，我要更进一步，提出所有人都必须去创作的主张。现代艺术没有专家与门外汉之分，也没有外行与内行之别。在活着这件事上不存在"专家"的概念。同理，每个人都应该以创作者的身份参与到艺术革命中去。这不是异想天开，社会已经发展到了这个阶段。

看看自己的周围会发现，如今绘画在每个阶层都备受关注，很多业余人士都拿起了画笔，业余爱好者协会光明正大地办起了展览。无论是政府机构、企业还是工厂，都有美术社团。人们在工作之余埋头作画，这是多么美好的光景啊。

对比当年，就知道变化是何等巨大。二战前，仅用油画颜料作画就是件稀罕事，人们认为这是项非常奢侈的业余爱好（我上小学时用父亲的油画工具画画，就有人感叹："一个小孩子居然会画油画，不愧是画家的儿子。"现在所谓的"小画家"大有人在，到处都是画油画的小朋友）。利用业余时间画点儿油画的小职员和工人还会被公司同事、街坊邻居指指点点。

现在去画具店，老板会告诉你，顾客里外行远多于内行，没了这些业余爱好者，生意恐怕都难以为继。我有时也会被一些公司和工厂的美术社团请去演讲，或指导作画。这样的社团大多会在宽敞的房间摆开阵势，请专业老师指导，雇模特，用质量不错的颜料和画布大胆作画（专业画家反而要绞尽脑汁节约颜料，想想都觉得可怜）。

这种趋势着实令人欣喜，这就是新时代的新面貌。

不是人人都能画得精巧

仔细看一看这些爱好者的作品，会发现一个非常严重的问题。在其中我们看不到外行人本该有的悠然自得和轻松明快，反而多的是异常阴暗、没精打采的画面，着实令人失望。这是"模仿行家""画得不好就不是画了"的念头在作祟，说明还是有很多人没能理解"今日的艺术"的真正含义。

在我看来，这在很大程度上要归咎于指导者。照理说，参加美术社团的人肯定都是喜欢画，也有画画意愿的人。可真一动笔，却画不出多高的水平。这也无可厚非。把女模特的脸画得生动写实又漂亮，确实不是件易事。从正面描绘面孔时，要把两只眼睛画得对称也需要一定的技术，把鼻梁画挺也没那么简单，要画成有血有肉的美女就更难了。所以成品必然会远低于事先期望的水平。于是很多人会立刻心灰意冷，认定自己没有美术细胞。

此时，指导老师要是再按老掉牙的模式，不留情面地指出学员的不足之处，给出"素描太乱""涂法不对"的批评，那学员就更加不知所措了。他们本就有要画"好"的想法，再被这么指导一番，必然会认为自己画得很糟甚至绝望。要不了多久，他们就会觉得画画一点儿也不开心。在这种心态下勉强画出来的东西，也是没有神采的。

社团成员原本是在纯粹的作画欲望的驱使下聚到一起的，可是在实际作画、接受指导的过程中却被技巧的难度吓倒，一个接一个地掉队……这样的情况不胜枚举。

我们必须尽快摆脱这种陈旧而无益的艺术观。精巧的画不是人人都能画得了的。经过多年训练，睡着醒着都在为画出好画努力的匠人行家不说，外行人再怎么努力，也画不出真正精巧的画。一心想要模仿陈腐的职业画家，装内行，瞎逞能，画出来的颜色必然会浑浊，线条也磕磕绊绊，最后的作品也必然不会单纯有趣，导致自己和观看者都会失望。

无论是从时代，还是艺术本质的角度出发，以贵族时代的巧匠作品为标准指导、威吓外行的做法都是不可取的。这样指导会让学员失去面对艺术的愉悦，偏离新艺术的方向。

如前所说，精巧的画是封建社会的艺术，是工匠的特殊技能。今天的业余爱好者们无异于一张白纸，没有比用传统模式禁锢他们更荒唐的事了。长此以往，他们就会搞不清自己到底在画什么，也会彻底丧失信心。

见到陷入如此境地、茫然若失的人，我一定会推翻普通美术老师的理论，对他们说：

"为什么你们总想把画画好呢？你们肯定画不出特别精巧的东西，连大众杂志插图的水平都达不到啊。梳着发髻的武士把人一劈两半，以及鲜血飞溅这样的画面是很难，但是我这样的画很容易嘛。只要花两三天学一下油画颜料的调法，还有线的画法，就能马上画出来了。如果有天赋，又有更自由的精神世界，那就能轻松超越冈本太郎了。根本没必要画得精巧，画得难看也没关系！"

听到这话，有学员忧心忡忡地问："画得难看不就变成随便乱画了吗……"我回答："乱画就更好了！你画一个给我看看。"学员露出又是高兴，又有些狡黠的表情，仿佛在说："乱画我还是能画的……"

"那你就在这儿画画看吧。"

让你乱画时，为什么动不了笔？

当拿来纸笔，想乱画一通时，手就僵住，画不出来了。怎么会这样呢？心里顿时慌了神，嘴上说"乱画还是能画的"，可真到时候了却动不了笔。大家会在这个瞬间意识到，没有比"乱画"更难的事了。建立在决心与责任上的乱画，并不是真正的乱画。

我们深入分析一下"乱画"这个词。例如，看到别具一格的艺术作品时，很多人会随口说"那就是乱画的"。"那种东西谁都能画得出来"出现频率也很高。新艺术的确不需要高超的技巧和多年的积累，的确谁都能画得出来，可要是不具备精神层面的自由，也依然创作不出那样的作品。因此那些称不上是"真正艺术家"的画家们才会故步自封，如实描绘他看到的自然，也就是"模仿自然"，或是跟在外国杰出画家与最前沿的流行后方亦步亦趋，煞费苦心地模仿。

自由、放开去画其实是非常困难的。画人，只要把眼睛、鼻子和嘴巴画出来，好歹就有个人样了。画个八字就可以说是富士山。摆一枝花在面前至少也有个参照物，画出线条来也不成问题。只要有样板，照着画就算画得再糟，至少也能成形。然而"乱画"时眼前没有参照物，也没有八字这样的符号可以依靠。无法从任何地方借鉴，必须创造出前所未有的新事物，完成从无到有的过程。

我们要靠自己的力量（不借助现有事物）创造的，其实是我们自己的心灵，这就是艺术的本质。可是一旦专注于这种本质，人就会立刻陷入停滞，画不出来。这到底是怎么回事呢？

一听到"随便画画看""想怎么画就怎么画"就觉得难，画不出来，这正体现了我们对"自由"的不自信。

我们不能放任如此矛盾和不自然的心态，而要不断追寻，将它视作与艺术、与我们的生活密切相关的问题。

只要有铅笔和纸，傻瓜也能乱画一通。可为什么画不画得出来会成为如此复杂的问题呢？画不出来，不过是你觉得自己画不出来罢了。在你想要乱画的时候，"一定要画得精巧、画得漂亮"这样的固有观念像顽固的污渍一样附着在你的心上，让你不得自由。

精巧或拙劣，漂亮或杂乱，都不能成为我们自满或自卑的理由。

将事物原原本本地、靠自己的力量表达，本不应该是一件难为情的事。为了虚荣与面子，不敢展现真实的自我，习惯于戴上面具，并不是人的本性。以为自己比实际上更优秀，想让别人眼中的自己更高大；低估自己的实力，过度自卑，在自卫本能的驱使下，钻进安全的壳里，扮演弱小（这是人们常用的手法，在古时候的日本社会也被认为是明智的处世之道）……让自己和他人共同堕落的污浊氛围，就是这样形成的。

路边的小石子和树叶就原原本本在那里存在着，这就是全部。人也像小石子一样，有自然存在的一面，从乍看没有价值的地方重新发现自己的价值，应该是今后的人性课题。

舍弃原本深信不疑的自身价值，认清自己真实的样子，做好真正的自己——这其实就是在超越自身的极限，更高水平地、更充分地发挥自己的能力，不断前进。

这是一种直视真我的强大。大家提笔作画，诚实地表现自己，为的是舍弃不必要的价值观念，正确认识自己。这样，我们可以获得更具有人性的、精神层面的自由。

所以我真诚地向大家建议："乱画也没关系，先画再说！"不过我也能理解大家画不出来的心情。被过去生活中的惯性思维牵着鼻子走的人光听我啰唆几句，是很难立刻接受、吃透的。但我们一定不能被难为情、自满等与艺术无关的意识影响，必须下定决心去画。

先画再说

还存在一个必须下定决心去解决的问题。听到"决心"二字，你可能会不知不觉紧张起来，产生沉重的心理负担。也许还会心生犹豫："话虽如此，但也仅限于有天赋的人，那样的人下决心比较容易。像我这样一点儿天赋都没有的人，事到如今再下决心恐怕太迟……"但我所说的"决心"，并没有这么复杂。

我希望大家下的决心非常简单，只需要拿起笔和纸，先画再说，随便画什么都行。艺术的问题并不在于画得精美，或是画得漂亮，而在于对自己的自由抱着彻底的自信，并加以表现。归根到底，是画还是不画的问题。更进一步是有无自信和决心的问题。

画不了多好理所当然。如我之前所说，画得不好反而是好，乱涂乱画就更好了。我要再次强调，千万别想着要画"好"。

为什么呢？因为"好"必然有参照的标准。一参照，就掉进了陷阱。艺术形式是没有绝对标准的。其实想要画得好就是在寻求标准，这样必然会沦为对某种形式的模仿。在这种状态下创作出的作品不可能满足艺术的绝对条件，也就是悠然自得的自由感。这种画又有什么意义呢？

那么，假设一个人想尽可能画得难看或乱画一通。他决定先随便画一条线。在这个时刻，他就是真正自由的吗？可能画着画着，他就会担心起纸张的边缘。明明还有足够的空白，线条却避开边缘，向内折回。在纸的右侧画一个圈，之后会下意识地在左侧也画一个对应的形状。顾虑会不由自主地产生。有时还会下意识地装模作样去调整画面，也就是把画面往既有的模式里套。乱画真的没那么容易。因为人更习惯于"受限"的状态，因为这种状态是轻松的。反倒是需要自己负起责任达成的自由状态很难实现，所以人们才会越来越没有自信。

还有一点，也是我之前提过的，那就是每个人都有自己不曾意识到的知识储备。就算觉得自己没有任何绘画素养，你也见过五花八门的画作，知道很多类型。在不知不觉中领会了传统的美的形式，也就会在无意中创作出与它相似的东西。以为自己在创造新的绘画与自由的形式，其实不过是被"新的类型"限制住了而已。

本该随便画画，却在不知不觉中模仿了别人，没有表现出自己独特的风格。遇到这种情况，大家也许会很失望。但就算没能立刻做到自由创作，也不必为此失落。

只要下定了不受拘束的决心，就算现在还不能自由作画也没关系——我们必须怀着这样的自由心态大胆尝试。这一点非常关键，请大家务必牢记。

如果你确信自己是自由的，那就尽管去画吧。如果你觉得自己还不够自由，也请抱着没关系的心态，大胆前进。太拘泥于"自由"，反而会立刻回到"不自由"的状态。这的确是一个矛盾。

人往往会被自己没有的东西制约，却忽视、看轻了自己原本拥有的东西，让心灵陷入不自由的状态。就算不小心模仿了别人，也不能放弃自我，放弃作画。只有彻底告别这种软弱的自尊，厚着脸皮，哪怕画得很烂，更烂、再烂些也不要紧，只有这样才能画出跟别人完全不一样的东西。

如果你总能纯粹地、不受任何限制地作画，那自由感一定会在画面中有所体现。

就算画得很糟，你也会在无意中发现一种从未有过的、分外透明的心情在画面里扎了根。这就是艺术的出发点。

自由的实验室

全家总动员

实际拿起画笔，尝试创作的时候，你会发现还有其他意料之外的障碍，而且这个障碍就不光是你自己的问题了。在自己家里随心所欲地画会发生什么事呢？

爸爸探头一看，便皱着眉头说道："什么啊，跟小孩的涂鸦似的。别瞎玩了，干点儿正经事不行吗，你也不小了……"孩子看到你画的东西也会嗤之以鼻："喊，真难看！"姐姐妹妹跑过来冷嘲热讽："哎哟，这是什么东西啊！"这样一来肯定会失落。再平静和谐的家庭氛围，成员之间也会相互束缚，阻碍我们在生活中获得真正的自由。

正因如此，我们才不能在这个关键时刻气馁，而是应该毅然地，开怀地，甚至得意地把画展示给家人看。然后把我之前说的，也就是为什么要画这么糟糕的画的原因转述给大家，让爷爷奶奶、爸爸妈妈、兄弟姐妹也以同样的心情拿起铅笔和蜡笔，一起画画。

画好的画可以挂在各自的房间里，不时看看。隔天早上睁眼一看，你也许会发现自己并没有多大胆。以为自己用很自由的心态去画了，可过段时间，后退两步再看，就会发现画面中还有不够自由、被束缚的地方。毕竟人心总是被各种事物束缚。

要是家人之间能相互点评，那就更有趣了。你可以让爷爷、妈妈来评判，或是让孩子畅所欲言一番。反正不是点评自己的画，大家肯定不会有保留意见。不可思议的是，这些评语中必然会有些许切中要害的内容。

通过这些意见，每个人精神的自由与不自由之处就会凸显出来。然后，我们可以怀着更自由的心境重新创作。反复多次，画面上呈现出的精神世界就会愈发丰富多彩。"总算画了一幅是我自己风格的画！""奶奶的画果然很有奶奶的味道！"……在愉快的竞争中，我们会对艺术，也就是自由，产生更深刻的自觉与理解。

只要长期坚持，同质化的氛围也能孕育出丰富的信赖感，你的家会充满欢声笑语。每个人画得越难看，家庭的氛围反而会越明朗。

瓦解姿态

如此一来，被异常且充满矛盾的不公正社会扭曲、矫正的生命之流，就能再次找到出口喷涌而出。大家在儿时体验过的真正无拘无束、天真无邪的快乐充实，就会失而复得了。

事实上，儿时那种单纯而自由的冲动是不会随着年龄增长而消失的。特别开心的时候，成年人也会有在路上狂奔、大喊的欲望（我真的会这么干）。有时候，或许人也会有想随心所欲画画看的念头。但是，"大人"这一姿态总会压抑我们的本能。就算遇到了很高兴的事，也要装出没什么大不了的样子抿嘴一笑。有一定社会地位的人走路也得慢慢悠悠，每一步都端着，说话的时候也小心谨慎，左思右想。做不到这样，大家就会说你不成熟、不懂事。

要是一直过着以他人为中心的生活，不知不觉中，你的精神就会裹上一层硬硬的外壳，忘记自由的感觉，也感觉不到他人的自由，人与人之间的交往只建立在固定的姿态与模式上，自然不存在灵魂与灵魂的碰撞。路上碰到打个招呼，红白喜事的规矩，逢年过节的赠礼……会对这样的规则分外注意。这样构筑起来的，必然是乏味冷淡、没有人情味的关系（虽然背地里对彼此很粗俗）。

我们要依靠艺术的力量，由内而外，瓦解这种浑浊的状态。艺术，其实是自由的实验室。想马上在现实社会实现"自由"绝非易事，因为我们会遇到各种各样的困难与制约。但是在艺术的世界中，只要有决心，就能做到不顾虑他人，也不会受任何事物的约束。

请下定决心，抱着轻松愉快的心情前进吧。去探究自由的人性和自由的喜悦吧。你的尝试定会转化成对新生活的自信，成为心灵的支柱。

"艺术没什么大不了"

绘画不仅每个人都能欣赏，更是每个人必须去创作的东西——现在，大家应该能理解这句话的真正含义了吧。艺术的广博，就在于充满人性。如果艺术真的是"特殊"的，就不可能带给大众感动，成为关乎人性的深刻问题。正因为艺术能勾起人人皆有的人性共鸣，能振奋人心，才如此强大。人性关系到每个人，绝非专家与特权阶层的专利。只是在以往的社会中，并不是每个人都明确认识到了这一点。只要有这种自觉，艺术就会向你拉开帷幕。

我们的生活依然被旧习惯的重量拉扯着，所以还未形成人人对艺术感兴趣，能直接进行艺术创作的社会氛围。很多人依然觉得艺术是有闲又有钱的人的消遣。也有人认为艺术又不能当饭吃，没有反而清净。可即便是这样想的人，也不得不承认艺术在社会生活中的重要位置。认定自己与艺术没有一点儿缘分的人，也必然会在不知不觉中，在生活的间隙渴求艺术。

如我反复强调的那样，如果艺术一定要精巧，一定要漂亮，一定要人看着舒服，实现了完美和谐，那谁都会打退堂鼓，觉得自己跟艺术肯定没什么缘分。然而，一听到"画得不好、画面杂乱也没关系，越奇怪越好，这才是艺术"，大家就会对艺术产生亲切感，心想"那我也行……""我也能搞艺术！"

所以我们大可以告诉自己，"艺术没什么大不了"。就像我刚才举的例子一样，艺术和走在路上突然想大喊一声，或是撒腿狂奔的冲动一样，是非常单纯的东西。欢乐、悲伤、哀叹……我们心中翻涌着各式各样的情绪，而消极的处世之道会堵住这些情绪的窗口，让我们生生变成聋人和盲人。所以，不能压抑这些情绪，而应该让它们通过眼睛、耳朵、嘴巴和全身的毛孔喷涌而出。如此，我们就能感觉到心灵逐渐被充实的、新的生机填满。

将自由的情绪明确表达出来，也有助于提升自己的精神境界。拥有艺术，就等于拥有了自由。这份自由，能促使你跳出狭隘的框架，飞向更高、更宽广的天地。

所以，我们不能在这方面吝啬自己的情感。沉迷小钢珠，在酒馆喝得烂醉，跟街坊热火朝天地聊八卦——不过是在敷衍萦绕在我们内心的情感。偶尔为之，无伤大雅。可你一旦品尝过真正自由的表达所带来的喜悦，就一定会意识到，比小钢珠和聊八卦更美妙、更能感觉到生命燃烧的东西，就存在于艺术之中。

孩子与画

画画的冲动

画画无疑是每个人的本能冲动。即便是那些平时不画，也没想过要画的人，要是发呆时正好握着铅笔，眼前又正好有张纸，也会下意识地画些不知道是什么的东西。手中没有画图的工具，站在路边跟人聊天的时候，也会用手中的拐杖或伞尖在地上划拉。

精神紧绷的时候，也许不会做这种事。可当心情稍有放松，或是被其他事情分散了注意力，导致意识中出现了空当，那么长期受到压制的欲望就会探出头来，神不知鬼不觉地驱使你动笔作画。等回过神来，甚至会觉得有些难为情，把画涂掉或撕掉。大家应该有过类似的经历吧？

表现欲也是一种激烈的生命力。观察一下孩子画画的模样，就知道它有多么旺盛了。

每个孩子都画个不停。要是没有纸，他们会找其他能画画的地方，墙壁、地板都是画布。大家都知道孩子爱玩儿。一年三百六十五天，每天都上蹿下跳，一刻不停。这正是生命的活力。但是再贪玩的孩子，画画时候也是专心致志、老老实实的，这着实不可思议。画画的孩子肯定也有和小伙伴一同玩耍的冲动，但他还是牺牲了玩乐的时间在家画画。就是这么想画，画画就是这么快乐。孩子画画的欲望比玩耍要激烈得多。

画画是人的本能欲求，它所带来的生命的喜悦与智性的变化存在于每个人心中。

不想被看到

画画明明能带来如此强烈的喜悦感，可是当我们长大、懂事之后，渐渐就不再画画了。为什么会这样呢？为什么不再画了呢？

孩子是以自我为中心的，随着年龄的增长，社会意识会逐渐显现出来。久而久之，孩子会拿自己和别人对比。画得比别人好时会更自信，更得意，继续画下去。可要是发现自己画得不如别人，就会渐渐放弃。孩子一进入小学三四年级，这个倾向就会明显地体现出来。

看看周围的孩子就能明白。小学低年级的孩子还好，可一旦升上高年级，每个孩子都会表现出这样的倾向。因为"画得不好"会转化成一种社会性的自卑，孩子会把这个当成自己的弱点，不知不觉中，就会对画画敬而远之。

女生在这方面表现得尤其敏感。小时候到处乱画，搞得大人一筹莫展的女孩子，几年之后再也不在人前画了。躲在自己的房间里偷偷画时，有人突然进来，她还会急得满脸通红，把画藏起来。要是大人去看她的画，她会拼命把画纸揉成团，绝不给人看。那种紧张不安，就好像做了什么特别难为情的坏事被人抓了现行一样。

画画，是在创作欲的驱使下做出的极其自然的行为，为何会难为情呢？因为孩子们的脑子里已经有了"画一定要精巧漂亮"的观念，又认定自己画得不好，没法见人。要是"画不好也没关系""画不好反而更好"这样的观念足够深入人心，那孩子们就能无忧无虑地画画，也能放心大胆地展示了。

可现实是，大人们总会在这种关键时刻冷嘲热讽，说他们画得不好。也难怪孩子们不愿意展示自己的作品了。

何谓正确的美术教育

这种不合逻辑的观点是如何形成的呢？学校教育难辞其咎。日本的美术教育在这方面犯了致命的错误。无论走进哪所学校，我们都能看到教室墙壁上贴着许多看上去几乎一模一样的画，画上还有老师的评分。这种做法真是太糟糕了。

也许有读者会觉得，学校不都是这么教的吗？有什么问题？殊不知，就是因为这样，许多孩子才无法愉快地作画，他们的心灵也因此逐渐蒙上了阴影。

得到表扬，并不是画画的目的。无论对大人还是孩子，这都是基本原则。如何把自己心里的东西表现出来，让本能的表现欲自由、直接地涌出并结出果实才是最根本的。能不能赢得别人的喜欢、称赞，或是能不能被赋予很高的商品价值，都是次要的。

当然，既然人们组成了社会，精神活动自然要以社会为基础，在受到社会限制的同时，也会被赋予价值。对成年人而言，它有可能成为谋生的手段，也能以此博得社会认可，为自己赢得名利。

但孩子不存在这个问题。孩子的冲动是纯粹的，甚至可以说是没有目的的。既然是这样，那就没有必要对儿童画做任何指导或点拨。只要让孩子们随心所欲地去画就可以了。

然而，纯粹地让孩子去画才是最难的。教育者会想出各种方法向孩子指明某些要点，鼓励他们进步。

我并不是不让大家去评判画的好坏。我想强调的是，给所谓的"好画"打分，又大加称赞，是不可取的。

我有次去某所学校访问，老师拿了很多学生的画作给我看。翻看时我发现了一张鲤鱼旗的画。乍看相当不错，画得很有意思，可我总觉得有点假，喜欢不起来。我们只能靠纯粹的直觉来判断"真假"。只要擦亮眼睛，怀着诚实的心态去观察，真假是一目了然的，"假货"不会轻易蒙混过关。

谁知在这张"鲤鱼旗"之后，还有另一张鲤鱼旗，但这张生气勃勃。我立刻明白了前一张图是模仿这张的"赝品"。老师证实了我的猜测。原来两张画的作者是邻桌，前者是照着后者画的。学到了"形"，却没有学到"神"。

为什么孩子要这么做呢？因为老师会表扬好的作品，并努力让其他学生也画出这样的好作品来。日本有千千万万个孩子，将来会成为美术大师的不过凤毛麟角。就算要培养美术大师，那样的教育方法也是错误的。让孩子画画，并不是为了让他们掌握专业的绘画技巧。率真地表现内心的感动，由此塑造契合人性的自信——这才应该是让孩子画画的目的。

有些孩子能画出分外精巧的作品，可他们长大后不一定会成为杰出的画家，也不一定会拥有很高的精神境界。有小聪明的孩子的确不少，可老师和家长该为此而得意吗？看似糟糕，但画出自己纯粹、强烈情绪的孩子也有很多，他们往往要比那些"聪明"的孩子在艺术和精神表达方面更出色。我们绝不能对看似画技笨拙的孩子说"你画得真难看"，这样会让孩子产生不该有的自卑感，是极其危险的。

教育者万万不可让全班同学都去模仿那个画得精巧的孩子。如果我是老师，就不会去表扬那些好作品，或是把它们张贴出来，而是会让孩子们尽情创作。

光有颜料和画纸还不够，最好能把所有材料放在孩子触手可即的地方，想画画的画画，想捏土的捏土，想玩铁艺的就玩铁艺……什么都不想干也没关系。把所有表现手段交给孩子，剩下的就让他们自由发挥吧。这才是最理想的状态。将自己的心情自由表现出来的作品，也就是自由感最丰富的作品，才是真正值得表扬的好作品。大多数孩子的画作都不会特别精巧，看似精巧的画往往都是模仿的产物。我们要明白难看也无妨，应当用心发现孩子的闪光点，加以表扬。久而久之，教室里的所有孩子都不会再在乎画得好不好，也就不会产生荒唐的自卑感了。如此一来，他们也能从内心建立起自信，充分享受创造的乐趣。孩子们不必因为自己"画得不好"在美术课上备受煎熬，更不会为此去模仿邻桌同学的作品来敷衍老师了。

然而，很多老师其实很难将"自由的画"与其他画作区分开。好比我刚才提到的那两幅鲤鱼旗，乍看几乎一模一样。要是老师的直觉不够敏锐，怕是也很难看出哪一张是原版，哪一张是模仿吧。

　　如果老师觉得鉴别起来很困难，那就意味着老师本人对待画画还不够自由。原因可能是他们那代人接受的美术教育非常落伍，本身就存在很多问题。

以前的美术教育

　　给大家讲讲我的亲身经历吧。现在想来，我上小学时接受的美术教育真是滑稽透顶。那个时候，文部省指定的教科书里有一本叫《图画范本》的教材。书页上都是迂腐老套的彩印日本画。倒在地上的松茸和竹笋，筐箩上垫着竹叶，竹叶上摆着鲷鱼……全是这样的构图。上美术课的时候，我们要用彩色铅笔或水彩颜料临摹教材，最好做到分毫不差。模仿得越像，得分就越高。二三年级之前，日本的美术教育都是这个路数。不过不久后，在新时代大潮的推动下，这种教法被喊停，"自由创作"这一全新的教育方针开始登场。

　　绘画不能是模仿。怀着自由的心情描绘自然，抓住自然的感觉就好。那时，欧洲印象派画作终于风靡日本，而全新的艺术教育思路，就是印象派影响下的产物。

与此同时，日本开始生产蜡笔，并将其引入了美术教育。我就读的学校比较新潮，在此之前就用上了蜡笔。从老师手中接过美国产的蜡笔时的惊讶与喜悦，我至今难以忘怀。

想必大家都知道，蜡笔跟彩色铅笔不一样，画不出细腻而精准的线条，所以用蜡笔写生的时候，不可能像画日本画那样，把每一片花瓣都仔仔细细临摹下来。这样反而有利于孩子表现自由奔放的情感。蜡笔进入课堂之前，学生们几乎不会用到原色，之后由于蜡笔的特殊性质，我们养成了直接使用原色的习惯。这也是巨大的进步。

然而，日本的美术教育就此止步，再也没有更进一步的发展了。美术教育的标准依旧陈旧落伍，无法令人满意。自由创作是印象派，也就是十九世纪自然主义的产物，所以迟迟无法摆脱肉眼所见的朴素自然对它们的制约。在这种教育体系下，老师不会在真正意义上让学生随便画，也无法让画得"不好"的孩子在人性与艺术上自信起来。

于是，现在的老师只知道这种"不自由的教育"，不明白什么样的画才是自由的，这也在所难免。然而，如果老师们能把我讲的这些融会贯通，下定决心保持精神的自由，对自己有信心，就能自然而然辨别出什么样的画才是自由的。

也许有读者会觉得："道理我都懂，可实际操作起来就是没自信，就没有别的方法吗？"借此机会，我为大家提供一个略有些新奇，但趣味十足，可行性也很高的方法吧。这是一种全新的美术教育方法，大家不妨想象一下……

学生教老师画画

谢顶的校长坐在学生的课桌前，拿着蜡笔奋力作画，位子显得特别挤。他画得满头大汗，看起来相当紧张。小朋友围在他身边，盯着他的作品看。

校长是在接受学生的美术指导，每周一到两次。美术老师站在不远处，一脸欣慰地观察着校长和学生——"校长还是没有领会'天真'的精髓啊。"小朋友们看着校长的画，心想："为什么老师只能画出这么老气、这么古板的颜色和形状呢？"不过心里还是充满希望："要不了多久，老师就能跟我们一样自如地画出魅力十足的色彩和形状了。"全校老师都要依次接受孩子们的"授课"，每天来一位老师，每次一个课时。校长是年纪最大也最受人尊敬的老师，所以孩子们格外期望他能取得进步，都在为他加油鼓劲。

我不是在痴人说梦，而是真心希望推行这种教育方法，也就是把美术教育从"老师教学生"变成"学生教老师"。

艺术的本质并不是教出来的，也没办法学。正如我之前所说的，艺术不是单纯的技能。它不同于自然科学的分支，也不像所谓的艺道那样必须掌握和提高某种技能。如果真有"艺术教育"这回事，那也应该是老师真诚而巧妙地向学生讨教。如此一来，老师才能练就辨别什么是自由画作的慧眼，实现理想的教育。

这不光是画的问题。"人性"亦如此。传统的听讲式教育有一定屈辱性，受这种教育长大的人可能会产生一辈子都无法摆脱的自卑感。我们完全可以把艺术教育当成试验田，先从艺术开始，从源头上将艺术教育变成能使人获得明朗和豁然心境的教育。

我保证，老师们也能在这个过程中收获良多。走到学生中去，怀着和学生一样天真无邪的心情作画。如此一来，老师就会意识到，自己和学生只是年纪不一样而已。许多学生画画时的心情比老师更纯粹，表现力也比老师强得多。同时老师也会明白，是人世间许多不重要的东西让自己失去了人性的率直，也丧失了对自由的自信，以及现在的自己与教育者的头衔多么不相称。只有回忆起年轻时的纯粹与自由，努力把它们捡回来，老师们才能实现更好的教育。

杰出的教育者深知，孩子的伶俐和观察的细致远超大人想象。就在老师们沉浸在"教育者"的意识中没有丝毫的怀疑时，有的学生早已看穿了老师们的故作姿态，还有不知不觉中显露出的狡猾。至少我上小学的时候就是这样。每天和伪善的老师打交道是一件扫兴和绝望的事。老师越是巧妙地伪装自己，就越会弄巧成拙。和学生一起画画，就是让老师摘下这种不必要的假面具的绝佳机会。

　　老师不必画得很好。只要认真画出和孩子们同样难看，却明亮笃定的作品就好。就算画得不如孩子也没关系，担心画得不好而丧失威严才是愚蠢至极。如今的孩子多么开明，绝不会因为这种事瞧不起老师。不仅如此，他们还会因此对老师产生亲近意识和信赖感，变得更愿意向这位老师学习。

　　老师不要觉得自己高高在上，也不要以权威自居，而应该摘下虚伪的面具，和学生打成一片，站在对等的立场上和学生交心，在不被自卑阴影笼罩的状态下相互认可、学习。这样的教育，能让学生认识到自己的价值，而这也会成为一个起点，由此出发，孩子们将走过坚强而明朗的一生。如果"道德教育"真的存在，那么艺术就一定是最佳的教育手段。

"长毛的红圈"，孩子的"八字"

还有一个往往被人们忽视，但非常重要的问题。

大家都见过幼儿园和小学低年级小朋友常画的"太阳公公"吧？

可那种"长毛的红圈"真的像太阳吗？光是这样一个太阳也就罢了，孩子们还会在太阳底下画上一排整整齐齐的花，这样的花也不像真正的花。孩子眼中的太阳和花，肯定也不是这个模样和这个感觉。可全班同学都画成了这样。

为什么孩子们会画出这样的东西呢？因为孩子画得太差劲吗？——不，不是。如果真是差劲，那也会差得更具个性、更丰富多彩。孩子们画的其实是"太阳公公"和"花"的符号，也就是孩子世界里特有的"八字"。

画这种符号是因为方便。我们来试着剖析一下他们的心理。

拿白纸和蜡笔让孩子随意发挥，他们就会兴致勃勃画到根本停不下来。美术课就是另一码事了。老师会把白纸分发给大家，然后说："同学们，开始画画吧。"孩子们必须在有限的时间内，在受到监视的状态下，画出像样的东西来。这就很痛苦了，要是没有兴致，连专家都要发蒙。常有人把纸板之类的东西摆在我面前，毕恭毕敬地请我画上一笔，这种时候我也不知道该画什么好。

因为现代画没有固定模式，不能用竹雀图和八字纹糊弄过去，最后只能画些不知道是什么的东西给人家。即便是这样，他们也会感恩戴德地将画带走，但这种情况往往让我非常头疼，美术课上的孩子就更是一筹莫展了吧。

孩子觉得必须画点什么出来，于是在白纸的正中间画了个房子。可房子周围还有很多空白，该画点什么呢？正发愁的时候，只见邻桌的同学发挥了一点儿小聪明，用红色的蜡笔画了个圆圈，又在圆圈周围画了几根线。一个"太阳公公"就大功告成了——孩子心想：好极了，我也能那么画！然后他学着邻桌的样子，在纸上画了一个"长毛的红圈"。

孩子们画出来的"太阳公公"不是以自己对太阳的感觉为依据的，它不过是用来敷衍的符号罢了。太阳底下的花朵也是如此。一旦掌握这个方法，孩子们就会一直用下去，而且整个班的同学都会这么画（对孩子们来说，拥有共同的符号是社会生活的第一步，也是把握外部世界的线索。所以也不能一概而论，怪在共同的符号身上。我要说的也不只是这些）。

关键在于，老师们偏偏喜欢给这种耍小聪明的"模式画"打高分。父母看到这样的画，也会放心地觉得："我家的孩子真会画画！"于是孩子们会认为，只要继续画这样的东西，就会受到老师和家长的喜欢，方便地使用这些符号对他们来说成了理所当然的事。

我们不能因为孩子年纪小，就认为他们是百分百天真无知的，有些孩子比大人还要"聪明"。他们会考虑到自己身外的世界，会开动脑筋去和社会统一步调。孩子们随便的涂鸦是那么自由、自然，可是他们在美术课上画出来的东西都很老套，有形无神，像故意给老师和家长面子一样。这就是小朋友的"八字"文化的起点。

好在近年来美工课教育的进步十分显著。除了画画，大人们还会用各种材料和方法，激发、培养孩子们的创造性。在这方面，很多老师功不可没。

有些老师认为，比起自己一个人乱涂鸦，现在的孩子在美工课上反而更能无忧无虑地表现心中的喜悦，因此大家不用担心。

我在本书开头提出的问题，已经得到了相当程度的解答。然而，真的从本质上彻底解决了吗？

这是一个永恒的课题。教育方法确实在进步，从表面看，更加自由，也更具现代性了。然而，我们能完全排除老师个人喜好的影响吗？受到好评的画，会不会是看似自由的作品呢？所谓的自由，也有发展成固定模式的风险，而且这种风险时刻存在。我在"前卫与现代主义"那一节中也提醒过。

之所以强调这个问题，是因为不仅关乎绘画。一旦在小时候养成套用固定模式的惯性与习惯，而不是从自身的喜悦与信心出发去表达，长大之后就无法不畏礼俗地勇敢说出自己的真正想法。于是，一个只会遵从规则、狭隘而怯懦的人就诞生了。

在人们平时交往密切的地方，这样的规则随处可见。比如"托您的福"这句话。也许一点儿都不感谢对方，双方也互不关心，互不在乎，可还是会说出这句毫无意义的漂亮话，再鞠上一躬。因为我们觉得这样就算是尽到了人情。其实这种场面上的寒暄，反而会压抑真实的情感。在这种流于表面、只剩规则的人际关系中，人会陷入"活着就是个符号"的感觉，这就是所谓的社会常识的困境。其实早在幼儿园与小学阶段，"卓越"的社会组织就将这颗种子埋进了孩子们的心里。

一个想要按自己心意真实地活着的人，无论走到哪里，都会被高墙无情地阻挡。如果对方只是"符号"，那自己的精神也难免会被"八字"束缚，无法活出真正的自己——青春期的孩子对这样的矛盾尤为敏感，天知道他们要承受多大的痛苦。当然，不仅仅是艺术家，无论哪行哪业，只要想在工作中做一个"自由的人"，就必然会在不知不觉中为了摆脱"八字"的束缚而辛苦战斗，忍受痛苦。

这是一种不幸的努力。今后的人应该从更纯粹、更高水平的起点出发，这样才能在人性和社会层面比现在更加强大、更加自由。

孩子的自由与艺术家的自由

说到这儿，我们还要思考另一个问题。那就是儿童画和杰出艺术家的作品有什么根本的差异。

儿童画的确有种无忧无虑、朝气蓬勃的自由感，它会散发出巨大的魅力，画作的天真甚至会让人感觉到某种强大的魄力。然而，这种魅力并不能撼动我们的生活和我们自身——这是为什么呢？

因为孩子的自由并不是通过战斗、吃苦和受伤得来的。孩子们的自由是种不自知的、天然被容许的自由，但也仅被容许在某个特定的范围内。因此它缺乏力量，即使能令人快乐、微笑，也不具备本质的东西。

小朋友无论做了什么，大人都不会怪罪，无论画出来的是什么乱七八糟的东西，都会被大人摸摸头夸他画得真好。孩子不会怀疑自己，也不会觉得难为情。

这就是被容许范围内的自由。然而，随着孩子一天天长大，这种"特权"会被逐渐打破。到了小学高年级，孩子就有了自己和他人的意识，认识到自己已经不是小孩子了，无论内在还是外界都开始产生制约。这时，大多数孩子的画作都会失去自由感。

但是杰出艺术家的作品所特有的爆发性的自由，是他们用全身心的能量与社会对抗、交战的成果，是在打破各种坚固而厚重的壁垒之后绽放出的自由感。对抗的力量越强大，艺术家在忍耐中蕴蓄的能量也就越强。这种人性的力量，会转化成震撼人心的感动，蕴藏在作品之中。

　　接触到杰出的艺术作品时，我们会感觉到一种震撼灵魂的、强烈的、根本的惊异。那种能在一瞬间改变世界的压倒性力量，就由此而来。

第6章
我们的根基

在之前的章节中，我们就明朗、开放的新艺术的样态和艺术的世界性进行了讨论。将来的艺术必须对人类共同面对的世界性问题做出回答。这就是目前我们直面的，最新鲜、最当下的课题。不充分理解这一点，就无法解决将来的艺术问题。

仔细想来，我们是世界人的同时，又有自己的国籍，比如"日本"。日本这个日常环境对我们来说才是切实而绝对的。具有世界性，并不意味着双脚要脱离现实的根基。不仅如此，如果无法在自己所处的世界里不断实现创新，就绝不可能创造出"世界性"的作品。

日常环境总归是有局限的，有其特殊性，确实会妨碍我们用世界的眼光欣赏与创作。这种建立在特定土壤上的"封闭世界"，与开放的"无限世界"可以说是对立的，一如电的正负两极，但只有站在矛盾之中，同时抓住这两极，才能实现将来的真正的艺术。

这才是真正的"活着"，才是艺术的创造。这些话听上去不好解释，要从逻辑学角度来阐述，就更难懂了，因此我想直接从事实出发，与各位一探究竟。

日本文化的特殊性

文化的死胡同

让我们把眼光放在日常生活中吧。今日的日本文化中还存在许多不合理，因为落后于时代潮流的封建残余实在太多了。这在今天不仅成了无用之物，而且会产生诸多弊端。要是不能把它们揪出来，剔除干净，我们就不能真正地活得自信而富有活力。如今人们口中的"日本文化"并不是构筑起来的，而是江户末期之前产生的，而我们还习惯地认为"日本文化"特指这种文化的嫡系与其追随者。因此它必然会呈现出陈旧古板的封建色彩，和现代氛围与世界性脱节。

大体来说，这套文化体系发源于室町时代，因德川幕府三百年的封建体制与锁国政策固定下来。以歌舞音曲、茶道为开端，语言、服饰、建筑等各种近代日本的生活方式大多都是在这段时间成形的。当然，这些文化都和现在的生活脱节了，与之前奈良、平安时代的文化也有本质上的不同。我不认为它是日本文化本来的面貌，而应该将这种近代的失衡潮流当作研究日本文化变得不合理、空洞的材料，冷静地加以观察。

事实上，日本文化比我们想象的要特殊得多。

这是有历史原因的。日本自古以来与大陆相邻，并不断地接纳吸收大陆文化。那不是真正源于自身生活的、朴素而健康的文化，而是直接借用了已经成熟，甚至发展到极致的外来文化。

然而，日本人引进文化的方法总是不够彻底，投机取巧。真正与新文化激烈碰撞，让其彻底颠覆、改变我们生活的全部——我们没有选择这种激进危险的方法，只是装装样子罢了，但日本的领导人和史学家都将这一点视作日本民族的过人之处。文化不是吃包子只吃馅不吃皮这么简单的事。适合的不一定是大家想要的，如果不能冷静地一一吸收，就不能变成我们自己的东西。

有一句"漂亮话"叫"取其精华，去其糟粕"，这话从逻辑上并不成立。因为只取对自己有用的部分，就无法抓住本质。可这种思路已然成了大家的共识。在我看来，那些所谓的"糟粕"反而更值得我们去"取"。只有这样，才能抓住真正的好东西。表面上看起来很好的，往往是没有实际用处的皮毛，反倒是那些被我们敬而远之的东西里包含着事物的本质。若是没有以身犯险的精神，没有消化"糟粕"进而达到更高水平的坚定意志，文化交流就是一纸空谈。

这个道理也适用于明治以后的日本。门户开放后，日本迅速引进了西方的近代文明，大力发展资本主义，建设军队，成功跻身世界强国之林。但日本人可能觉得西方科学背后的理性主义、人道主义与自由精神没有实际价值，就没有认真学习。战事一起，日本人甚至认为那些东西都是有害的糟粕，严令禁止，同时把以武士发髻和日本刀为代表的"大和魂""一齐斩杀"这样玄乎的口号推上舞台，试图以此支撑起日本的现代战略体制。正是这种牵强附会的不合理性，让日本误读了世界大局与自身的实力，走上了疯狂的战争道路，最终一败涂地。这就是在引进文化时投机取巧，只取形式，最终自食其果的典型例子。

让我们回归正题。正因投机取巧，只学习皮毛，地理位置得天独厚的日本才无法真正理解大陆文化的全部，和它宏大的本质。

从地理上看，日本位于大陆的最东端，身后是无垠的太平洋。这片汪洋大海，将日本和其他世界彻底隔绝。日本虽然会接受来自大陆的各种文化，却无法完成新陈代谢并将其输出。换言之，日本是一条"文化死胡同"。因此，引进的一切都会扎下根来，每次引进，就堆积在最上层。久而久之，文化就在尚未完成同化的状态下固定、形式化了。这就是"只进不出"的文化的特殊性。

除此之外，日本还有"锁国"这一特殊条件——死胡同的入口也被封住了。于是人们只能在这条胡同里不停地重复自己。久而久之，经过奇异的发酵，诞生了非常特异的"日本文化"。

其实世界各地都有一开始处于孤立状态的种族。他们的社会固然原始，却也以自己独到的方式自然发展了起来。所谓的"日本文化"具备了上述的所有条件，既是不合理的封建遗产，又包含着大量不自然的变形。

日本文化是东方文化？

人们总喜欢把日本文化简单归结为东方文化。日本的确在很大程度上受到了大陆的影响，表面看的确像东方文化。然而，只要仔细观察其文化内在，以及日本人的情感，就会意识到这种看法并不准确。

我在欧洲生活过十多年，在中国也住过五年。通过这两段异国的生活，我切身体会到，日本和中国之间的距离其实与日本和欧洲差不多，甚至可能更远一些。从民众的道德情感到审美观，再到对饮食的喜好与人际交往的方式，日本和中国的差异大得超乎想象。我甚至觉得，两国存在一样的东西（比如豆腐、味噌）

反而是件怪事。

　　旅居巴黎的时候，除了画画，我还学习了很久社会学和民族学知识。当时常有机会和在世界各地做研究的学者交流，也问过他们对日本的看法。很多学者对日本的印象非常好，同时也觉得日本是全世界最难懂的国家，这让我有些意外（因为民族学是用非常科学的方法研究各种民族生活状态与社会的学问，所以学者们的意见是完全客观、冷静，不受偏见和个人喜好等因素影响的）。

　　比如最日常的饮食。一个吃遍了马来西亚、中国、印度和非洲的人，居然说只有日本的食物能让他举手投降。来东京的游客一般都是在酒店吃西餐，就算吃日本菜，也是天妇罗、寿喜锅这种面向外国人的高档餐食。但民族学家要做研究，就得随当地人吃当地最朴素、最普通的东西。他大概在乡下的小旅馆或民宅吃了点儿腌萝卜、炖红薯、萝卜干、煮羊栖菜之类最普通的小菜。他说这些东西实在是难以下咽。我们也不能因为他不懂得味噌汤和腌萝卜的美味而不屑。其实日本人的饮食习惯也在变化，如今除了专门的料理家，普通日本人反而更喜欢吃炸猪排、咖喱饭之类的东西。

　　专门研究音乐的学者也跟我表达过同样的问题。爪哇的音乐他能听懂，中国的音乐也能让他感动。南非和未开化的南洋小岛的音乐和欧洲的截然不同，同样能让他感觉到其音乐性，可日本的三味线他实在是听不懂。直接从大陆引进的雅乐①和朴素的民谣还能听懂，可所谓的"四叠半音乐"——小曲②、都都逸③、清元④之类，他就完全没有感觉。昭和初期开始走红的许多流行歌曲也有其特殊性，那种落魄的非音乐性曲调，外国人可能也无法接受。

舞踊和茶道的妙处也非常难懂。人们也许觉得这些东西很受外国人追捧，可这种"追捧"只出现在极少数的领域，而且外国人对其更多的是一种好奇。这些文化并不会像震撼、打动我们的外国文化那样，成为他们日常生活中的重要组成部分。他们对这一种文化的追捧，与夸奖和服和日本姑娘漂亮的性质差不了多少。这当然也是好事，可因此大肆宣传"外国人深受感动"只不过是艺道宗师和艺人招揽生意的策略。普通人要是当了真，就无法正确理解外国人对日本的看法，也会误读日本文化在世界舞台中的位置。外国人一夸就觉得脸上有光是没有自信的表现，反而是对日本文化的亵渎。

当然，无论什么样的文化，其实只有生活在那种文化中的人才能真正理解。可就算不能完全理解，普遍、共通的元素总归是有的，特殊性和普遍性是同时存在的。这才是真正的文化。可惜

①中国古代传统宫廷音乐。
②江户时代末期由江户短歌中分离出来，用三味线伴奏的乐曲。
③日本俗曲，主要用为歌舞伎伴奏。
④三味线音乐之一，主要歌唱男女爱情。

近代的日本文化偏偏欠缺了这种普遍性，只有日本人才品味得了的特殊性实在太多，有些东西甚至连身处其中的日本人自己都不是太懂。

请大家不要误会，我完全没有贬低日本文化的意思。发展成这样有其历史的原因，说多无用，而且它本身也不存在"好坏"的概念。可如果到了今天我们还放心地依赖日本文化，逃避需要自己解决的当前的世界性课题，那就很成问题了。只要我们肯负起责任，不被日本文化吞噬，而是站在现代的立场上严肃看待，就能从其特殊性中提取出新文化的种子。我们要批判性地看待落后于时代的事物，从与世界共通的立场出发，创造新的传统。

接下来看看迄今为止日本艺术的真实样貌，以及日本人自己又是如何看待它的吧。

艺术与艺道

艺道的世界

大多数人对艺术抱着莫大的误解，他们心目中真正的艺术，以及很多被创作者冠以"艺术"之名、招摇过市的东西，大都不是艺术。

肯定有读者会问，不是艺术那是什么？不过是"艺道"罢了。必须将艺术和艺道明确区分开——这是我的主张，可惜没能得到贯彻。

艺术与艺道只有一字之差，所以有人误以为艺道是艺术的一部分，但事实并非如此，它们其实是截然不同的两样东西。这个本质绝不能混淆。那么，艺术和艺道到底有什么不同呢？

艺术即创造。艺术不能套用既有的模式，不能重复之前做过的事。别人的模式自不必说，连自我重复也万万不行。把昨天做过的事情再做一遍，在艺术层面没有任何意义。我们不妨回顾一下美术史。从古埃及到今天，艺术形式始终在变化，从没有出现过重复。每翻开一页，呈现在眼前的都会是崭新的面貌。也就是说，艺术必然带有革命色彩，是作为"永恒的创造"不断发展的。这就是艺术的本质。

艺道正好相反。它讲究的是继承古老的模式，只有通过反复训练，才能达到艺道的巅峰。艺术是舍弃过去拼力创新，而艺道的首要任务就是维持传统。先有开山鼻祖创立某个流派，接着弟子们都去模仿宗主的路数。学得越像师父，水平就越高。到了一定的水平，就可以"免许皆传^①"和"得传奥义"了，也算把固定的形式练到了家。

这种东西算得上艺术吗？能分毫不差地临摹出达·芬奇的《蒙娜丽莎》或毕加索的《格尔尼卡》，就是伟大的画家了吗？当然不是。一旦以临摹成名就失去了成为艺术家的资格。这个道理应该是显而易见的。

然而很多人并不理解艺术与艺道的本质区别，瞧瞧那些日本画家吧。他们会先收集一堆自己尊崇的古今大家的画集，摆在桌边，边画边参考。这是日本画界自古以来的习惯。画西洋画也是如此。我听说过这样一个笑话：某人向著名画家K借了一本法国

①免许，指可以告诉别人自己流派的名字；皆传，指学到了某特定流派的所有技法。

画集，两三个星期后，他又去拜访那位画家。画家说："你来得正好。快把画册还给我，我得开工了。"这是真人真事。我听完觉得很好笑，可很多人并不觉得有什么好奇怪的，反而认为那是钻研艺道的精神。

艺道和宗派制度密不可分。宗派是一种严密的组织，为严格传承相同的模式服务。绘画界的宗派制度我们已经在之前的章节探讨过了，可学术界都有过宗派制度着实让人惊愕。仔细想来，直至今日，我们仍能在学术界找到宗派制度的残余，那就是成为学界毒瘤的学阀与派系。

不过宗派制度最为根深蒂固的还是艺道。从长歌①、清元的练功场就可看出。《鹤龟》《越后狮子》这样的老曲目，弟子要反复训练多年，直到能和师父唱得一模一样。要是徒弟觉得老唱一样的太没意思，把曲子拉高了八度，或是在该高的地方把音调压低，在该唱长音的时候唱切分音，认为这样更有感觉、更有意思……定会惹得师父大发雷霆，还可能会被逐出师门，后果不堪设想。

艺道就是要牢牢记住并重复师父的一招一式。稍有偏差，就是离经叛道。师父也不能自由发挥，除宗主以外谁也不能随便开拓新天地。一个真正有艺术良心，又想坚持自我的人，只能选择

---

①日本江户时代流行的三弦曲。

离开，自己开宗立派。

但这绝非易事，不是人人都能做得到的。自创流派的先决条件，是已经有了一定地位和各种意义上的力量。在艺道的历史中，名手脱离宗派自立门户的事也是有过的，但新的流派也会立刻固定成模式。在宗派制度下，已有流派尤其担心新的流派在自己门下诞生，会怀着妒意百般打压，保护自己的小世界，于是制度体系愈发周到而缜密。一旦有人主张艺术自由与独创，他就会立刻饭碗不保，无法维持生计。

这样的封建制度令人窒息，让人动弹不得，未来的艺术绝不可能建立在这样的基础上。

"歪门邪道"才是正道

由此可见，被封建宗派制度压制的艺道并不具有不断创新、向上发展的力量。它只会不断萎缩，逐渐形式化。每一种艺道流派，比如花柳流①、清元流②、观世流③……都严格传承了固定的模式。一旦有稍微偏离传统的形式出现，人们就会说那是"歪门邪道"，

①日本舞踊著名流派之一。
②日本净琉璃著名流派之一。
③日本能乐著名流派之一。

大加排挤。

看到一幅新鲜风格的画，常有人以很懂行的语气说："那是歪门邪道。"这种说法很奇怪，因为艺术本不存在歪门邪道、名门正道之类的概念。正如我反复强调的，艺术的本质就是否定陈旧的模式，不断创造全新的、超乎所有人想象的东西。从这个角度看，被视作"邪道"的，反而才是"正道"，无奈日本人总认为"邪道"就是不好的、糟糕的，这是艺道的形式主义思想深入人心的结果，对艺术而言极其不幸。

正因人们坚信原封不动地传承流派的模式才是"正道"，才会产生"歪门邪道"这个词。"道"字本就带有封建色彩，像花道、书道、剑道和柔道也不例外。因此正道必然是不自然的。

比如茶道并不是单纯地喝茶。喝法不得当会被认为不成体统，要是简化了喝法，又会被扣上"不走正道"的帽子。在普通人看来，喝个茶而已，何必正襟危坐，为遵循麻烦的礼节手足无措。拿起茶杯喝不就行了吗？把茶灌进肚脐眼当然是歪门邪道，可用嘴把茶水喝进胃里难道不是如假包换的正道吗？在想喝茶的时候，能最快享用到茶水的方法就是正道。站在艺术的角度，等半天才能喝上一口的才是好茶，这种想法才是不可理喻。

真正的茶道专家反而洒脱。他们会告诉你，怎么喝都行，不用在乎什么形式。有一次，我受邀参加了里千家①的茶会。宗主为人很爽快，他盘腿坐在地上说道："随便坐着喝就好！"我还喝了他亲自点的茶。他能如此豁达豪爽，是因为身为宗主，无论做什么，大家也不敢多言。如果人们真的达到了千利休所说的随心所欲喝茶、点茶的境界，那第一个失业的恐怕就是宗主自己。

花道的规矩也很多，书画古董、歌舞音曲界更是一派群魔乱舞。那些形式和规矩显然和艺术毫无关系，这一点我在书里反复强调过多次，相信读到这里的读者定能做出正确的判断。

在艺术家难得一见的今天，要彻底理清艺术问题的确不易。自以为在探讨艺术，却在不知不觉中将话题变成了艺道的秘诀与练功路上的辛酸——这样的情况屡见不鲜。一个人会画画、会弹钢琴就是艺术家。这种思路是大错特错的。更要命的是，这些人自己也总是以"艺术家"自居，自认为了不起。如今人们口中的"艺术权威"，其实大多只是艺人和工匠而已。

正因为很多人没有理解艺道和艺术的本质区别，才无法在介绍、批评绘画或音乐作品时拿出明确的态度。毫无意义的争论也因此而起。

---

①日本茶道著名流派之一。

"艺术"一词的来历

"艺术"这个词并不是"土生土长"的日语词汇，而是明治时期引进西欧近代文化时带进国门的近代观念。幕末思想家佐久间象山①曾说"东洋有道德，西洋有艺术。"可见在那个时候，"艺术"还不是今天我们认为的意思，而是指学问和技术。在明治之前的江户时代，剑道类书的书名里也出现过"艺术"二字。艺指"武艺"，术则指"剑术"。

明治末期到大正初期，"艺术"才引申出我们今天所说的意思。

另外，"恋爱"也是明治时代，日本引进欧洲文明之后才诞生的新词，起初带有浓厚的基督教色彩，源于西方近代思想。因此一听到"恋爱"，日本人就会联想到时髦、纯洁和崇高。既然"恋爱"一词是明治大正时期流行起来的，那么此前日本的男情女爱又是什么呢？日语里有个词叫"色事"。近松门左卫门②创作的世态剧中描写的都是男女之间的"色事"。

"恋爱"一词流行开来，人人都开始谈恋爱了。要是对人说"我在谈色事哦"，对方绝对会吓一跳。因为"色事"听上去有点"色情"的意味。如果问一个在谈恋爱的人："你是在搞色事吗？"那

---

① 1811－1864，日本江户末期思想家、兵法家。倡导学习西方先进技术，社会影响很大。

② 1653－1725，日本江户中期的净琉璃、歌舞伎剧本作家。

就等着挨拳头吧。实际上"色事"虽然不好听,本质上却跟"恋爱"是一回事。做着比"色事"更龌龊淫亵的事,却装出"恋爱"的姿态——这样的人满大街都是。

探讨法国绘画史

"艺术"也是如此。把本属职能层面的技能说成是"艺术",就立刻让人觉得深奥而高端,这是很荒唐的事。

就连人们眼中艺术的发祥地(这个词也很奇怪)——法国巴黎,也不例外。

绘画是一百多年前才升级成艺术的。是不是有点意外?"绘画艺术"的历史就是这么短。

直到十八世纪,画家都不能算艺术家,而是"画工",和家具匠人、木匠、石匠、织布工一样,都是"工匠"。不过画工是地位最高的工匠,会被人尊称为"老师",还有专门研究画技的学院。但这种区别,与木匠比土木匠更威风差不多,并没有本质上的差异。

那时的画工要根据贵族的要求作画。第五章也曾提到,好的画工有资格出入贵族、国王、皇帝的住宅,为他们绘制肖像,或装饰宫殿。如果画工以艺术家自居,对艺术有着独到的认识,在宫殿的墙上想表达什么就画什么，或是把贵族的脸画得扭曲变形，把鼻子画歪，还说些"这样的画更有意思"的话，那他会被立刻轰走。

反之，如果能把歪鼻子和塌鼻梁画得又高又挺，把贵族画得威严又端庄，就会得到他们的青睐，成为"大师"。就算在今天，相亲用的照片也是要"修"的，这一修，就会让人显得更漂亮。生意好的照相馆不是把人拍得更真，而是拍得更好看。

但贵族阶级在法国大革命中被打倒，资产阶级掌握了社会的主导权。画家仰赖的贵族不是被砍掉了脑袋，就是不见了踪影。这日子要怎么过？他们定是一筹莫展。

不过没过多久，掌握了权力的资产阶级就随着近代资本主义的发展日渐富足起来，他们也继承了贵族的奢华传统，养成了在客厅挂画的习惯，于是资产阶级成了画家的新主顾。可资产阶级的人数远多于贵族，主顾与画家之间也没有建立起以前那样去府上作画或是受雇于主顾的直接联系，于是"展览会"这样的市场和形式才会逐渐兴起。

画家在画室奋力作画，但作品不一定会有人买，他们甚至不知道画作会被挂在什么地方当装饰。于是只能随意画些自己喜欢的东西，看得上的人自然会买。在画作卖出去之前，画家也不知道自己的画会不会被人喜欢。换言之，画家与顾客之间形成了这种资本主义色彩浓厚的、没有人情味的交易关系。

换做以前，画家都很清楚主顾的喜好。比如某侯爵喜欢这种色调，要讨某侯爵夫人的欢心，就要画出那样的感觉。可惜革命过后，他们没法这么做生意了。

为谁而画？又该画些什么？——这是当时的画家头疼的问题。

后来这个问题就变成了非画不可的真正的画究竟是什么，以及绘画到底是什么。画家们若不能负起责任直面这些问题，给社会一个明确的答案，就无法画下去。

也就是说，画家们眼前一片黑暗，什么都看不到。他们要与虚无对抗，靠自己的力量不断创新。画家们必须思考绘画到底是什么。这个问题注定会带来巨大的痛苦，却需要画家将其视作人生价值，哪怕撞得头破血流，也得用全身心去探究。

在克服了这种痛苦，突破了这种虚无之后，绘画才终于升华成了艺术。

道理其实很简单，工匠不会考虑这些问题。比如，你请了个打门窗隔扇的工匠来，告诉他想做一扇拉门。对方肯定一口答应，然后量好尺寸回去打，到了约定的日子带着打好的拉门现身，卡在门槛上拉拉看是否顺滑。工匠没有任何多余的牢骚，主顾让做什么，就做什么，而且能做得分毫不差。要是碰上了一个艺术家式的工匠呢？下单后他会陷入沉思：拉门到底是什么东西？我打拉门是为了什么？这怎么行。

画家也是如此。在画家还是"画工"的时候，何谓绘画、何谓艺术这样的问题根本不存在，他们只要高效、高质量地完成主顾吩咐的工作就行了。

进入十九世纪后，绘画成了艺术领域的问题。画家开始追求纯粹的绘画性，进而推动了绘画艺术的发展。从自然主义到印象派，再到立体主义和抽象主义，从达达主义到超现实主义……画家们就这样肩负起了现代艺术的命运。

技术与技能

从"技巧"的角度看艺道和艺术的区别就更显而易见了。艺道和艺术不同，同理，"技术"和"技能"也要区分来看。

艺术的本质是技术，而艺道的本质是技能。

技术会不断否定旧事物，创造、发现新事物。也就是说，它的本质是"革命性"，一如艺术。

更进一步来说，人类在石器时代使用的是木片、石块这种最简单的工具，二十世纪则有了高水平的生产技术。变化之大超乎想象。我们完全可以说人类的历史就是技术的历史。我们以创造精神不断否定陈旧的技术，孕育出了新的技术。

在目光短浅的人眼中，"否定"是个散发着危险气息的字眼，他们像怕吃亏一样对这个词敬而远之。而认为否定旧事物就是要消灭旧事物的想法太过片面，实际情况并非如此。以交通工具为例，汽车问世之后，不如它方便的轿子、人力车和马车就自然而然消失了。再看汽车，轻巧舒适的流线型汽车出现之后，笨重、噪音大的旧式厢型汽车就被取代了。新款汽车的生产成本降下来后，旧款自然会销声匿迹。

这就是技术上的"否定"。众所周知，纺车和要用到梭子的织布机会退出历史舞台，是因为人们发明了自动化的纺织机械。不用抡起锤子把旧事物砸碎，只要创造出比它更便捷、更好用的新技术，旧的、落后的自然会退出历史舞台。

从这个角度看，技术的发展史就是否定旧技术的历史。文明刚诞生的时候，人类用石头制造工具，再用工具烹制食物，猎杀野兽。后来，青铜器取代了石器，铁器又取代了青铜器。到了今天，铁又被超高强度的钢所取代。工具的水平不断提升，最终发展成了精巧至极的机械。

这样的变迁当然会影响人类的思想层面。一个人再注重传统，再怀念《东海道五十三次》①的风景，再觉得坐火车出门缺乏情调，

---

①浮世绘画师歌川广重的作品之一，描绘了日本旧时由江户至京都所经过的 53 个驿站的景色。

去大阪出差或拜访住在远方的亲戚朋友时，也不会真的把东海道的五十三个驿站走一遍，或雇一顶轿子，在路上慢慢吞吞耗费几十天。好事之徒和怪人怕是也不会做这种事。

坐火车好歹还有"汽笛一声响，驶离新桥站"[①]的情趣。后来有了速度更快，也更没情趣的飞机，其中喷气式飞机更是和旅行的情趣无缘。走路、坐轿出门的人感知事物的方式，必然不同于坐飞机冲入平流层的人。

无论愿不愿意、喜不喜欢，技术都在推动人类历史的发展，改变人们的观点。从人们的情感到审美观，都会被技术彻底颠覆。

技能如何？技能有着与技术截然不同的特征。技能不会否定旧事物，不断向前，而是反复练习同一个动作直到掌握。我们常说的"熟能生巧"，针对的就是技能。

技术与技能的本质区别在建筑领域表现得尤为明显。要建现代化的大楼，需要由建筑师先做设计，画出图纸才能开工。设计环节，建筑师会用到高水平的技术。外行人根本看不明白的力学计算、各种新材料的知识、对色彩等元素的美学理解……辅以其他专家团队的协助，应用最前沿的新技术，在最后的成品中呈现出来。看看十年前的大楼和现在的区别就能知道，建筑师会频繁

---

①一首将日本铁道沿线风景名胜融入歌词的歌曲《铁道唱歌》，曾一度是日本歌词最长的歌曲。"汽笛……"是最开始的第一句，流传极广。

引进新技术，打造出前所未有的东西。近代的建筑史，就是一场不间断的革命。

木匠的工作就是另一回事了。观察一下木匠师傅造日式木屋的过程，你也许会疑惑——为什么他们能如此轻松地造出一栋房子来？只要告诉师傅房间要怎么配置，玄关想搞成什么样子，客厅想做成什么样就够了。师傅会依照模板，把柱子立起来，把门槛装好，再做一个壁龛。整个过程几乎不用过多动脑，只要动动手，自然而然就做好了。这是因为有传承数百年的老规矩，他们也有一身积累多年的熟练技能。造个壁龛旁有窗户的客厅，或茶室，对他们来说轻而易举。但如果让这样一位巧手木匠去造一栋现代化的钢筋混凝土房子，他就不知该从何下手了。不了解混凝土的特性、强度和其他相关知识，根本没法开工。也就是说，木匠师傅有熟练的技能，却没有与新建筑对应的技术。让他们按老规矩来，反复做一样的事一定能收获令人满意的成果，可要创新就很难做到。

能设计摩天大楼的建筑师的确掌握了高水平的技术，但若对他说："您连那么高的大楼都造得了，帮我刨根壁龛柱子也没问题吧！"就是强人所难了。建筑师不会做木匠活，却能设计出宏伟壮观的大楼——这就是技术。

我在探讨"巧匠的手艺"时说过，能工巧匠干活时靠的是长年累月训练得来的"诀窍"和"感觉"。他们的手艺，就是技能的巅峰。

到此，大家应该能明白，技能是艺道本质的道理。人们常说，"艺道要从娃娃抓起"，正是因为艺道是一种技能。与靠头脑记忆比起来，掌握技能的关键在于让身体形成"记忆"，练到能自然而然把技能用出来才好。小朋友不会去纠结逻辑和道理，身心的可塑性也较强，从小训练，当然就容易练成。用训练小狗、猴子的法子训练小朋友，就能培养出拥有特殊技能的专家了。

艺术是决心的问题

艺术就不一样了，技能对它来说并不必须。即便是没有经验的门外汉，只要有出色的感觉和坚定的意志，也能成为艺术家。上一章介绍过的凡高、高更就是很好的例子。放眼今日的欧洲，从战争年代的压迫感与战后的解放感中汲取新的灵感，中年时半路出家改行当画家，如今扬名世界的人也不在少数。我在巴黎结交的朋友里就有不少这样的人。像曾经的哲学家阿特朗①、自德

①Jean Michel Atlan，1913－1960，法国画家。曾在巴黎索邦大学专攻哲学，1941年才开始画油画。

国逃亡而来的无业文学青年杰尔曼、诗人出身的普利恩、摄影师出身的乌贝克①，还有活跃在意大利的柯波拉②。柯波拉原本是记者，还来我的巴黎画室做过采访。这些人在战前都没有过画画的念头，现在却创作了各具特色的作品，成了活跃在业界前沿的艺术家。光是我的熟人里就有这么多半路出家的艺术家，可想而知放眼世界这样的人会有多少。

但是艺道界不可能出现这种情况。假设人过中年的我突然决定放弃绘画，改行学清元或长歌，并立志成为这个领域的泰斗，那即使再全力以赴，也不可能强过任何一位师父。这一点我敢担保。

再比如，即使有一天我突然在演技方面开了窍，强烈的灵感从天而降，又学了一年半载之后想表演《忠臣藏》第七幕的大星由良之助③，怕是也要闹笑话吧。如果另辟蹊径，诠释一个不一样的由良之助，没准还有可能，但要效仿上一代雁治郎那样的名角，演绎出歌舞伎式的由良之助是绝对不可能的，四十七义士看到我，恐怕都要提不起劲儿切腹了。

又比如，我一时兴起决定改行当木匠，洒水净身后去神社虔诚地拜了一百回，抱着天大的决心干下去，恐怕也没法把刨子用

---

① Raoul Ubac，1910 – 1985，法国摄影师、画家。
② Antonio Corpora，1909 – 2004，意大利画家。
③《忠臣藏》是日本歌舞伎中最优秀的剧目之一。讲述了四十七义士为主复仇之后集体切腹的感人故事。其中大星由良之助一角素来难演。

好。要是有人愿意，我也可以为他盖一栋房子，但是请做好思想准备——这房子只质保三天。要想安安心心住二三十年，那还是请普通的木匠师傅吧。他们虽然没有天才般的灵感，却有长久积累的经验。

艺道和技能不能只靠心血来潮和意志力，艺术则不然。凡高和高更早期作品的颜料涂法那么生涩也并不损伤作品的价值，反而让它们变得更精彩了。我之前就说过，"艺术是决心的问题"。只要有决心，意志力就足以弥补技术的不足。因此每个人的艺术家之路，都有可能从今天开始，从此刻开始。不过把美女画得栩栩如生不是靠决心，而属于艺道与技能的范畴。

纵情用笔墨挥洒出线条，肆无忌惮地表现自己，只要你有足够强大的意志力，就能自然而然习得新的技术。意志力越强，掌握的新技术就会越多。也许画出来的东西不甚精巧，却可能成为伟大的作品。反之，就算画工再好，每天从早到晚磨炼技能，画出来的东西也有可能跟艺术不沾边。后一种情况其实更为常见。这就是艺术的了不起与可怕之处。漂亮、精巧的东西是可以模仿、照搬的，但是从人类心灵深处喷涌而出的感动却没法复制。干了几十年的老木匠用刨子加工木材的动作着实赏心悦目，职业棒球选手在赛场上的精湛表现也能让观众大呼畅快，然而，仅有熟练、精巧的画作，是没有丝毫趣味可言的。

可惜日本的艺术界权威完全不理解艺道与艺术的区别。听听他们怎么称赞毕加索和马蒂斯这种现代绘画大师就能明白——"他们真了不起啊！不过那些作品终究是数十年积累的产物，日本的现代艺术根本不能与之相比。"这是何等的荒唐。拿外国的权威抨击日本努力创作的人，我尤其不能接受这样错误的论调。这就叫"偏颇"。

仔细想来，毕加索和马蒂斯都是在二三十岁时成为二十世纪的艺术大家，扬名世界的。他们哪来的"资历"，哪来的"长年积累"？他们是靠看似外行的表现手法，革命性地颠覆了以长年累月经验为基础的、讲究熟练度的工匠式绘画形式，而成为我们心目中的大师的。

像毕加索说的："我正是靠着一天比一天画得难看得到了救赎。"

他很清楚拘泥于积累经验和磨炼技能，会对艺术产生多大的负面影响，于是坚定地实践了自己的理念，近期的作品更是奔放到了极致。

老练与鲜活

如前所述，艺道需要长年的积累和反复的训练，因此要熬到晚年才能达到"大师"的境界。也就是说,艺术以年轻和新鲜为贵,而艺道则必然更尊重资历。当然,这是一种带有封建色彩的道德。

音曲①就是个典型。也许是因为大家都很尊敬上了年纪的宗主师父,从再年轻的弟子口中也听不到符合年纪的鲜活歌声,他们反而会模仿老年人的沙哑嗓音,想显得更老成些。老人是唱了几十年嗓子才会沙哑,可年轻人硬装出这样的嗓音反而成了值得鼓励的事。书画界与文学界也是如此。年纪轻轻却莫名其妙地看透了人生——只有营造出这种与现实的距离感来,作品才能得到好评。人们将其称为"枯淡""古雅",奉为日本艺术的最高境界,认为只有老练和成熟才是有价值的。

老练也许有老练的好,可这种"好"仅局限于某种特定的层面。尝遍了人生的酸甜苦辣,看破红尘,失去了鲜活的生命力的枯槁老人应该会很有共鸣。可是这并不能打动那些正要大展拳脚,满怀激情的人。

现代艺术中少不了青春气息。"年纪这么大竟还能画出如此青春洋溢的作品"反而应该成为一种赞赏。老年的毕加索还能创作出鲜活的作品就是很好的例子。

以宗派制度为基础的艺道还很讲究"神秘主义"。明明没什么大不了的东西,却要包装成奥义、精粹和秘技,甚至还要搬出"秘

①用三味线伴奏的通俗小曲。

籍"来吓唬人，以维持自身的权威。只有艺道这样也就罢了，可如今的日本艺术界都被这种神秘主义所笼罩，教人唏嘘不已。艺术被神秘化，被宣传成极其高深、凡人难以触及的东西，都是"专家"们的功劳。这就是艺道时代的遗风。

我要告诉大家的是，艺术没什么大不了。它虽由人类的精神创造，却如同路边的小石头一样，所见即所在。只要怀着一颗真诚的心去看，世上就没有比艺术更易懂的东西。

我从各个角度对艺术与艺道的本质区别进行了一番探讨，想必大家已经明白它们是截然不同的。然而，如今艺术界的专家大都混淆了两者的概念。他们对艺术评头论足的时候，始终无法摆脱模糊不清的、半封建性的艺道论调。无论是夸奖还是批评，参照的都是艺道的标准（站在艺术的立场上看，这样的标准极其荒唐），使用的也都是只适用于艺道的字眼，正如我举的例子那样。所以关于艺术的讨论没有丝毫进展。更糟糕的是，很多人喜欢摆专家的架子，把自己的观点强加于人，普通人就更加不知所措了。

日本式道德

谦让的美德

我一直在批判日本人的艺术观，而归根结底，问题的根源在于近代日本人的性格，也就是日本式道德。

二战后，封建旧制度和其道德标准一起遭到了否定，一时间甚至有土崩瓦解的架势，但没过多久就改头换面，神不知鬼不觉地卷土重来了。为什么付出了巨大的代价，受到了彻底批判的道德会如此顽固，能如此轻易复辟？只能说明人们的精神源头并没有完成真正意义上的革新。

人类的本性不会随时代的变迁轻易改变。在深入骨髓的封建氛围中长大的人，即便会对战争的失败和制度的缺陷做出反省，落伍的喜好与趋炎附势的本性也绝不会在一朝一夕间连根铲除。因此，社会各行各业依然盘踞着负隅顽抗的反时代情绪。稍不留神还会任它一点点渗透到表层，蔓延开来。一些人口口声声说制度已经变了，现在日本奉行的是民主主义，可思想的根基没有任何变化，各行各业的混乱自然不可避免。当然，并不是每个人都在刻意敷衍或走偏，无奈有些东西早已化作我们的血肉，以致自己都无法意识到它们的存在，要彻底摈弃更是难上加难。

让我们观察一下"日本式性格"。在我们的情感中被理所当然忽视的，那些被视作优点而让人安心的东西，才更需要探讨和警惕。因为让我们的精神变得懈怠、失去活力的不幸原因，就潜藏其中。

"谦虚"和"谦让"都是生活中的高频词。它们极具日本特色，也是所谓的"美德"，"稻子长得越好，稻穗垂得越低"这样的俗语也被视作人生的法则。我从小受着这样的教育，被灌输了"不管三七二十一，先把头低下"的观念。要是坚持自己的意见，会立刻遭到来自四面八方的阻力，也会在不知不觉中树敌。只要低头，批评与灾难就会无碍地从头顶飘过。自封建时代起，这种处世格言就以人生法则的形式流传了下来（看看被警察批评的司机是什么反应就可知道）。

日本人的确很少主张自己的意见。背地里倒是常会发牢骚——

低头说句"我怎么行"，再挠挠根本不痒的脑袋，傻笑几声。"小气鬼某某是也！"阔气的花花公子会如此寒暄。女人会以"我这样的丑八怪"自谦，还有人会一本正经地把自己的妻子和孩子说成"贱内"和"犬子"……真是让人感动到落泪的谦虚。光看这些，也许会觉得这是一种幽默，可事情没这么单纯。除了靠这类"八字"语言逃避责任，更糟糕的是用这些话安抚对方，甚至巧妙地为自己牟利。

以谦虚为挡箭牌，背地里动坏脑筋的情况不胜枚举。想必各位读者也深受其害，同时有意无意地当过施害者，所以不用我多做解释，大家应该就能理解。

对掌权者无条件地低头，和封建时代的平民百姓见到列队出行的大名要跪地磕头是一回事。只要低头，就太平无事。直到今天，源自封建时代的避祸心理依然根深蒂固。日本人惯于扼杀自我，以低眉顺眼的姿态消极地活着——这样的习惯已经成了绵延数百年的传统，甚至愈演愈烈。

还没把一幅画看清楚，就下意识地开口夸道："是某某老师的作品吗？太棒了！"一听说眼前的作品是杰作，即使完全不懂，也要装出一副大受感动的样子。口口声声说"新式绘画都是骗人的东西"，一看到毕加索、布拉克这种正当时的外国现代艺术大师，就会立刻换上一张谦虚的面孔，甚至借此给出一番"年轻人可得好好反省"的说教。

只要有外国创作者来访，无论名气大小，都会发生令人啼笑皆非的事。他们最近甚至根据时代氛围的变迁调转了枪头。对上点头哈腰，对下欺凌弱小的小官吏习性和其他恬不知耻的行为，都隐藏在谦让和谦虚的美名之后，让人难以忍受。

这种事写多少页怕都写不完。

大胆说"我来做"

我认为，谦虚绝不是在别人面前压抑自我，让自己显得低人一等，而是负责任地坚持自己的观点。我们不是要对掌权者或其他人谦虚，而是要对自己谦虚。

我要以身作则，彻底粉碎这种陋习的伪善与无趣。我要大声宣布"我才是艺术家""我超越了毕加索"，让那些所谓的"谦虚人士"瞠目结舌。不过他们发完愣后一定会依照惯例冷笑几声。

他们会同情我："什么都不懂的蠢货还真多，你这么说也不会有人相信，反而会被人嘲笑，到时候吃亏的是你自己。想在日本混出头，就得会拍马屁，在人前老老实实地把头低下来应付过去就行了。这样才能受人爱戴和追捧。"还会有人好言相劝："在日本说这种话的人是混不出来的，我没见过靠这样成功的。日本就是这样一个国家。"

确实如此，瞧瞧现在日本的权威人士就知道了。在名正言顺或有人赞同的时候，他们会天真到把真心话都说出来。可是一碰上与自己相关，或是要靠一己之力去保护的东西，也就是必须负起责任孤军奋战的情况（其实我们时时刻刻都在面对这样的问题），他们就变得格外"谦虚"，一言不发。

可偏偏就是这种在需要负责任时反而退缩的人，只要耐心等待，就能成为权威，成为一流人物。真是个"乐观"的国家。

在日式道德体系中，"单打独斗"不是一件好事。即便你的观点再正确，靠一己之力也绝对无法成功。而且在大多数人看来，无法成功就必然是不道德的。难怪日本会有"枪打出头鸟"的文化了。大家都不敢单干，不敢当先锋，不敢坚持自我。

因此，日本文化中找不到"责任"的所在。这着实是一桩怪事。许多文化人在战争期间表现得十分悲壮，看似勇敢地承揽起了"圣战"的责任，可战争一结束就立马把责任撇得干干净净，好像从一开始就是反战人士——这种氛围实在令人惊异。把祖国引上灭亡之路，却不用负分毫责任，真是体面过人。更过分的是，这群人在战后依然"谦虚"地坐在权威的宝座上。且不论他们有没有为战争出过一分力，这种不谈自身的责任，只聊文化的行为着实可疑。

以谦虚为美德，把"小人不才"挂在嘴边，所有事都无法起步。人们常说，日本要以文化立国，这就是所谓的名正言顺，所以谁都把它挂在嘴边。紧接着还会得出日本一定要有自己的杰出文化人与艺术家这样的结论。但这句话只是泛泛而谈，在以谦让为美德的国度，绝不会有人主动举手说"我会成为日本的杰出艺术家"。"文化立国"的确很动听，可人人都在推卸逃避责任，这就导致了长期以来职责不明。

不要再说"彼此彼此"和"大家一起干"这样的话。不要盼着"别人做"，而要高声宣布"我来做"。"现在还不行，但有朝一日一定可以""慢慢来"这种话乍看诚实，本质上也是敷衍。每一个瞬间都应该彻底做到"此时此刻，我就是这样"。现在没有的东西，就永远都不会有——这就是我的哲学。反过来说，将来会有的东西，现在必然也已存在。正因为如此，我才可以在"现在"承担对"将来"的责任。

于是我坦坦荡荡地宣布"我已经超越了毕加索"，让那群低三下四的知识分子气得跳脚去吧。就算有人奚落："狂妄自大的家伙！"我也不会受到伤害。他们必须意识到，这样反而是在伤害他们自己。

公开声明"我是怎么样的人"不但没有好处，反而会带来许多麻烦，尤其是在日本这个国家，自己不说，让别人说才是成为权威的必要条件。擅长引导他人说出自己所想的高手实在太多，以致自己说的反而没人相信（这明明应该是最可信的），还会招来反感与嘲笑。人们盼着你栽跟头，等着看笑话。"日本特色"在这些方面体现得尤为明显。

公开声明是一种承诺。一旦宣布"我才是真正的艺术家"，由此招致的后果便只能由自己承受。什么都不说当然不会遭殃。然而，我们有时必须把自己逼入绝境。宣布了就要彻底、决绝地负起责任。说过的话越大，要负的责任就越重。

如果没能负起这份责任，就会沦为笑柄，变成人们眼里的傻瓜，失去社会信誉。我们当然不能给自己找台阶下，认为大家都这样，那我也应付一下好了。想依靠他人，寻求他人的同情更是痴心妄想。我们必须对自己说过的话百分百负责，这样一来就自然不会骄傲自满了。

不仅不能自满，还要深刻地自我批判，也就是要做到对自己足够谦虚。日本人对"谦虚"存在误解，以为"谦虚"是针对他人的，是一种教养，因此往往嘴上说着"哪里哪里，我哪有这么了不起"心里却骄傲得不得了；否则就卑躬屈膝到了极点。

坚持自我，其实就意味着舍弃小我，把人生投入某种更宏大的追求上。所以我们应该拼命让自己变得更强大、更敏锐，负起责任解决问题。如前所述，压抑自我、点头哈腰的"谦虚"不是美德，而是百无一用的劣根性。无奈已经失效的封建时代的道德意识仍然根深蒂固。

无论何事，无论好坏，都应该勇于上前，负起责任。没有这样的态度，社会就无法进步。

孤身一人冲出去

　　然而，冲上前去负起自己的责任绝非易事，因此人们才会把"总有人得做"和"时候到了我就会做的"之类的话挂在嘴边，却没人愿意冲在时代的前端，靠自己的信念行事。这的确是其他地方很少见的日本的特殊性。

　　二战刚结束时，日本画坛仍被战前和战时的氛围笼罩，死气沉沉，放眼望去灰蒙蒙一片。那是一个无比荒唐的时代，前后左右，空无一物。当时我认为，要是不以身作则，冲出这种阴霾，艺术就不可能有明天，于是投稿了一篇颇具挑衅意味的艺术宣言。

　　宣言第一句话是"绘画的石器时代结束了——真正的绘画从我开始"。文章见报前，一位记者看了我的稿子，劝说道："把这种东西登出来问题可就严重了！你是不了解日本这个国家。听我一句劝吧，这种文章别发表了。你赶紧给报社打电话，把文章撤回来。这东西一见报，你就完蛋了。你就像独自一人从战壕冲到前线阵地的士兵一样，会被立刻打死的。我说这些是为了你好，赶紧把文章撤回来吧！"

我理解他的一片苦心。可要是没有人迈出第一步，就无法打破这死气沉沉的氛围。而这个"第一人"，就是已经迈开步子的我。要是现在退缩，那社会依然不会有任何改观（至少现在不会有）——情况固然令人绝望，可我还是发表了这份宣言（一九四七年八月二十五日，《读卖新闻》）。

我反倒劝慰起了那位记者。结果他深受感动，向我郑重承诺："我不想跟你一起冲出去送死，但我站在你这边。我一定会掩护你的！"他握了握我的手，告辞离去。可惜我一直没等到他的掩护。

我还遇到过一件很有象征意义的事。

事情发生在我当兵的时候。一天，我在中国汉口看见住在那里的日本孩子拿着棍子打架。当时是军国主义的全盛时期，汉口又位于前线，日本孩子玩打打杀杀的游戏也没什么奇怪。那他们的敌人是谁呢？我定睛一看，原来是个金发的俄国男孩。日本孩子聚在一起，朝孤身一人的金发男孩逼去，却没有一个人离开队伍直接向他冲去。大家肩贴着肩，死守着战线。看两边的人往前挪多少，自己就往前挪多少。

金发男孩的个子很高。他双脚开立，独自面对步步紧逼的敌人。眼看着他们离自己越来越近，他猛地往前跨了一步。说时迟那时快，日本孩子立刻散开，逃向了四面八方。拉开一定的距离，确保了自身的安全之后，他们又慢慢聚集起来，肩并着肩，嚷嚷着："怕什么，怕什么，弄死他！"于是他们开始重复之前的动作，慢慢往前挪，可还是没有一个人主动冲出队列。

到头来，这场群架不了了之。但这件事给我留下了深刻的印象，因为它和当时日本疯狂宣传并引以为傲的"日本男儿"形象完全相反。我们虽不能因为这件事就断定日本的孩子都这么窝囊，可这的确凸显了"日本国民性"的一个侧面。

在孤立无援的状态下与旧权威长期奋战时，我总会绝望地想到造成这种情况的社会背景。私下与他们单独见面，亲密交谈时就会发现他们其实很纯真，很有激情，甚至会说"这是必须要做的。我们就缺你这样的人！"这样的话。可是向全社会积极呼吁，主动声援我的人又有多少呢？在我得到公认之前，他们恐怕绝不会冒险发言，只会极其诚实、谦虚地等待时机。

你大喊一声："让我们冲！"然后冲上竞技场，回过神来才发现，真正冲到场地中间的就自己一个。岂有此理！可事已至此，那就只能孤军奋战了。而就在你和前方厮杀时，一支冷箭从意想不到的方向射出来，把你打翻在地。一只脚从你的后方——只可能有友军存在的地方悄悄伸过来，把你绊倒。这难道就是所谓的"日本精神"吗？今后的人，绝对不要因为这种荒唐而气馁。

卑躬屈膝

一九五三年，我在巴黎和纽约举办了个人画展，出发前在国内办了一场讲演会。聊着聊着，一位听众问道："您觉得这次出国会有什么收获呢？"我回答："我不是去收获的，而是去给予的。"这句话引发了全场的哄笑。认真的回答被人当成玩笑让我很生气。这种坚信出国就是要把外国的新鲜事物带回来的惯性思维，是文明开化后产生的自卑感。那今天的年轻人又是怎样做的呢？

在我看来，这种自卑感依然影响着今日的年轻一代。如今出国已经不是什么稀罕事了，可一见到刚回国的人，大家还是会问："那边有什么新动向吗？现代艺术会朝什么方向发展啊？"

我们生活在这样进退两难的现实之中。为什么不能像关心国际潮流那样认真思考、敏锐感知日本现实里积极或消极的不同方面呢？

关于这点，画家和文化界人士也要负一定的责任。因为他们一去欧洲，就会照搬那边现成的知识和流行形式，再把所谓的"旅欧作品"带回国显摆一番，于是误导了普通人。然而，正如我反复强调的那样，艺术绝无固定模式，最要紧的是时刻直面现实。现实只存在于和自己没有直接的利害冲突，也没有任何关系的"那里"，我"这里"什么都没有的态度中无法诞生艺术。我们的现实就在这里——只存在于我们身处的地方。应该反其道而行，把鲜活的气息从这里带去那里，让它与性质不同的东西碰撞出火花。只有这样，才能真正理解世界的、属于今日的问题。

我带去外国"碰撞"的作品，就是我在二战结束后的几年里孤立无援、艰苦奋斗的现实，是这段经历的记录。作品上当然沾染着今日日本所特有的味道。欧美人也许很难理解这种特殊的味道，但它非常重要（欧美自然也有欧美的味道，只有亲身生活在当地的人才能真正懂得。无奈日本所谓的文化人与知识分子对这种现象做出了极其荒唐的解释，认为正因为难懂才具有高尚可贵的艺术性）。我们应该把在日本的土地上奋力战斗过，沾了一身泥巴的东西原原本本地展现在外国人面前，勇敢把刀举过头顶。再铆足劲用力砍上一两次。虽不知道这是否能在对方地盘上辟出条裂缝来，但过程比结果更重要。我们必须去砍，一次又一次地砍。否则自己和别人都不会有进步。

我想以明确的态度告诉大家，还是有日本人会鼓起勇气去外国"给予"的。连我自己都觉得这种精神相当可嘉，而那些哄笑只体现了深入骨髓的自卑感，着实不足挂齿。

我这次的发言成了一桩奇闻趣事，至今为人津津乐道。他们说"这就是冈本的风格！"像我的专利一样，真是遗憾。为什么大家不会产生和我一样的想法呢？我们能给予的东西也许不如收获的多，但重要的不在于多少。不怀着给予的心态去碰撞，就不可能真正理解"那里"。这也是日本文化引进时的致命弱点。去给予，并不等于骄傲自满，而是一种极其冷静、包容而坚定的态度。

"连外国人都赞不绝口"

日本文化人的崇洋媚外已经到了无可救药的地步，过分地吹捧外国，贬低日本。可是吹嘘"日式美"的了不起，特意搬出古老陈旧的"美"的形式的，也是他们。他们没有自我，只是照搬外国的流行，盲目跟风。有时又会说"日本人学外国也学不像"，或者"日本有日本的东西"……对新事物持否定态度。这都是自卑的体现，甚至可以说是现代日本人的一种精神疾病。

简单地把"日式"和"西式"区分开是有问题的。我们的确生活在"日本"的现实之中，但这种现实不是一成不变的。

令人匪夷所思的是，越是国粹主义者，就越是喜欢在宣扬日本的优点时把"连外国人都赞不绝口"当论据。这也是自卑感的体现。如之前所述，外国人的褒奖多从单纯的鉴赏者角度出发，是受好奇心驱使的。对我们来说，这样的夸奖并不重要。况且让外国人赞不绝口的"日式美"，往往都是过去的东西，而不是当今用心创造的东西，这一点请大家谨记。

外国人的鉴赏能力的确是有目共睹的。好比现在外国游客来日本后必去日光市，而日光市的出名就要拜德国人布林克曼[1]和莫尔斯博士[2]所赐。曾一度被视为废纸的浮世绘，还有那些一度无人问津的佛像，也在得到了费诺罗萨[3]等外国人的认可之后，渐渐升级为人们心目中的高级艺术品（明治初年，奈良的东大寺和兴福寺的五重塔都挂牌出售了，标价分别为五百日元和五十日元左右，最后竟没有找到买家）。近年来，桂离宫也是因为被布鲁诺·陶特[4]夸赞一通之后，才受到了大众的瞩目。

外国人所发现的"日式美"，和日本传统意义上的"日式美"终究不是一回事，那毕竟是外来者眼中的美。在鉴赏日式美的方面，日本人反而在走下坡路，直到今天也没改变。

日本人有过在外国人的启发下，从全新的角度重新认识日本传统的经历。这虽不是坏事，但完全依照国外标准是非常危险的行为。因为能让外国人眼前一亮，吸引他们的东西，都是新奇的异国情调的美。换言之，正因为那些美很特殊，外国人才会有兴

---

[1] Justus Brinckmann，1843－1915，德国艺术史学家。极为推崇日本工艺之美。

[2] Edward Sylvester Morse，1838－1925，美国动物学家。1877 年来到日本，并在日本生活了两年，是第一个在日本发现贝塚的人。

[3] Ernest Francisco Fenollosa，1853－1908，美国艺术史学家。1878 年来到日本，在东京帝国大学（今东京大学）执教，对日本美术在世界的推介与研究起到了巨大作用。

[4] Bruno Taut，1880－1938，德国建筑师。1933 年访日，参观了日本各地的古建筑，为日本的城市计划提出了极有价值的建议。

趣去追求。

被外国标准唤醒的"日式美",大多具有他们眼中的异国情调。这与我们今天在政治、经济和其他所有日常生活中实际担负的，或是必须去担负的世界性职责，以及围绕这些职责所产生的喜怒哀乐没有任何关联，变成了某种特殊兴趣的关注对象。

外国人之所以对"日式美"赞叹不已，是因为这种美的形式是他们从未见过的全新的发现。对他们来说，这样的发现的确能转化成实际的养分，可对我们来说就是另一回事了。生物必须不断摄取外界新鲜的物质，完成新陈代谢，否则就会受到自己的代谢物的毒害和反噬。同理，我们也要批判、超越自己，积极吸收不同以往的新生事物，否则就会陷入无可救药的颓势中。现在可不是为外国人的夸奖而自满、走回头路的时候。

无论外国人对日本古典的认可是有意的还是无意的，这种认可都会阻碍我们前进的脚步，将我们捆绑在老旧过时的东西上。认识不到这一点，只单纯为外国人说的话而骄傲是万万要不得的。

所谓的"某某风格"

外国人来到日本之后，常会感慨为什么日本总想着模仿欧美，日本明明有这么出色的传统美。举个日常生活中的例子，他们会对日本姑娘提出这种听起来很有道理的意见："穿和服的日本姑娘是多么优雅啊，真是太美了。她们为什么要抛弃那么漂亮的和服，换上和日本人一点儿都不相称的洋装呢？多可惜啊！"

在接受这种意见之前，我们有必要揣摩一下他们的心理。除了一部分知识分子，普通欧美人脑海中的"日本"是什么样子呢？穿着振袖和服的姑娘撑着纸伞优雅站立，远处是富士山和盛开的樱花，或是开满菖蒲的池塘，还有小巧的拱桥和红色的鸟居。这都是大批量出口外国的廉价日本商品（比如卷轴和陶器）上描绘着的日本。虽然现在的年轻一代正在努力向世界展示日本的真正面貌，可惜远远不够消弭这种误解。

因此，外国游客来日本之后，往往希望看到这种心目中的日本风光，日本人也会迎合外国人的心理，引导他们去能看到这种景色的地方，再准备一些描绘着富士山的画框和穿着和服的日本人偶当伴手礼。这虽不是坏事，可那些符号并不代表现在的日本，更不能代表未来的日本。

不把当下的现实真实地展示，而是一味迎合，只以过去理想的东西为卖点，这对我们的文化而言是莫大的屈辱。仅仅是观光和伴手礼也就罢了，如果文化和艺术也套用这个模式，那就极其致命了。

日本明明完成了完全顺应时代潮流的现代化，可有外国人要不负责任地批判一番，这时我总会如此反驳：

"你们为日本优美的古典传统一点点流失而可惜，可你们不也用工业革命和悲惨的市民革命推翻了优雅华美的传统文化吗？你们不也在传统的尸骸上构筑起了现代世界和现代文化吗？

"法国、英国、美国，都以'发达国家'的姿态占据着文化的优势地位，这是因为他们动了一次大手术，切除了陈旧的习俗与传统。今时今日，纯粹的'法国式'或'英国式'文化风俗已经完全消失。即便是在艺术领域，非欧洲、非法国元素的强力注入也彻底颠覆了固化的古老传统。正因为如此，世界性的现代艺术才得以成型。

"这是你们自己走过的路，又凭什么批判日本的现代化呢？为什么日本非得被关进民族学的博物馆，被塞进动物园的牢笼中，保留数世纪前的旧风俗，以满足你们的好奇心呢？"

如此一来，外国人就哑口无言了。迄今为止，还从没有人对我的反击给出过明确有力的回击。对他们来说，日本终究是"事不关己"的外国。就算出发点是真诚的，他们说话时又负了多少责任呢？

不过我也理解外国游客的心情。日本人偶尔去一趟京都奈良，也想品味一下古都特有的风情不是吗？这是人之常情。我们都想看自己脑中勾勒已久的景色。谁想在背靠东山、毗邻鸭川的地方看到破破烂烂的混凝土小楼呢？要是车站附近净是摆着咖喱饭和中式面条的橱窗，还有穿着裤子的姑娘吆喝"走过路过不要错过"，游客肯定会感到幻灭，心想：要是招揽客人的姑娘穿的是有京都风味的和服，再围一条围裙，操着一口京都腔娇滴滴地说一句"欢迎光临"，该多有意境啊。

但我们要对这种风格类的事物保持警惕。上面这些话不负责任的游客随便说说可以，对实际生活在那里的人没有任何意义，实际上是种挑刺的态度。

大家不妨设想，如果京都还保留着千年之前的王朝风俗，没有通电车，街上也没有汽车，公卿小姐都坐着风雅的牛车，慢慢吞吞地挪动，那游客肯定会觉得很有意思。可一年办一两次这样的庆典活动也就罢了，现在是用核能发电的时代，正常人怎么能过这种日子呢。所以，无论古板和任性的游客如何为传统的流逝扼腕叹息（当然，哀叹是他们的自由），京都也好，奈良也罢，全日本都会不断地改变，也必须做出改变。

外国人的不满与所谓的忠告也是一样的道理。他们千里迢迢跑来日本，就是想看富士山、樱花、艺伎……还有穿着和服、脚踩木屐、撑着纸伞、慢悠悠走在桥上的姑娘。然而，实际展现在他们眼前的是普普通通的高楼大厦，走在街上的是穿着土气洋装、快步行走的姑娘。怎么和旅游指南上说的不一样啊！——游客们自是大失所望。

游客在日本待不了多久，他们怎么说都无关痛痒。可我们日本人不能被外国游客牵着鼻子走，把振兴日本文化这件事抛之脑后，把日本打造成脱离现实的旅游纪念品。可是在文化领域，这种显而易见的错误竟然大行其道。

"日本有传统的日本美，我们必须把这种美保护起来。现代艺术什么的，都是对外国的模仿！"就是诸如此类的论调。我要大胆提议，不妨让这群传统主义者自己把发髻重新扎起来，以示表彰。

不能认为传统是属于过去的东西就放松懈怠。传统需要生活在当下的我们重新创造，这就意味着不断的否定和超越。这话听上去像是悖论，在逻辑上却无可辩驳。

其实传统和艺术一样，只有不断否定过去，才能焕发出活力。如果认为传统只属于过去而不去承担自己的责任，一味依赖传统，就等于把传统"古董化"，扼杀了它的生命力。极端的传统主义者横行于世，在极大程度上妨碍了年轻人挥洒热情。到了今日，我们必须怀着强烈的超现代意识，根除错误的传统意识，主动负起自己的责任，创造出全新的文化。

图书在版编目(CIP)数据

今日的艺术 ／（日）冈本太郎著；曹逸冰译．—— 北京：新星出版社，2019.4
ISBN 978-7-5133-3215-6

Ⅰ．①今… Ⅱ．①冈… ②曹… Ⅲ．①随笔－作品集－日本－现代 Ⅳ．① I313.65

中国版本图书馆 CIP 数据核字 (2018) 第 231948 号

今日的艺术

[日] 冈本太郎 著

曹逸冰 译

责任编辑　汪　欣
特邀编辑　侯晓琼　薛茹月
装帧设计　李照祥
内文制作　杨兴艳
责任印制　廖　龙

出　　版　新星出版社　www.newstarpress.com
出 版 人　马汝军
社　　址　北京市西城区车公庄大街丙 3 号楼　邮编 100044
　　　　　电话 (010)88310888　传真 (010)65270449
发　　行　新经典发行有限公司
　　　　　电话 (010)68423599

印　　刷　北京天宇万达印刷有限公司
开　　本　850毫米×1168毫米　1/32
印　　张　7.5
字　　数　150千字
版　　次　2019年4月第1版
印　　次　2019年4月第1次印刷
书　　号　ISBN 978-7-5133-3215-6
定　　价　58.00元

著作权合同登记图字：01－2017－8387